C. B. Lessmann * Zicken, Zoff und viel Gefühl

C. B. Lessmann

*sisters

Zicken, Zoff und viel Gefühl

Band 2

Die Deutsche Bibliothek – CIP-Einheitsaufnahme

Lessmann, C. B.:
Sisters / C. B. Lessmann. – Bindlach : Loewe
Bd. 2. Zicken, Zoff und viel Gefühl. – 1. Aufl.. – 2001
ISBN 3-7855-4018-3

Der Umwelt zuliebe ist dieses Buch
auf chlorfrei gebleichtem Papier gedruckt.

ISBN 3-7855-4018-3 – 1. Auflage 2001
© 2001 Loewe Verlag GmbH, Bindlach
Umschlagillustration: Eva Schöffmann-Davidov
Umschlaggestaltung: Andreas Henze
Gesamtherstellung: GGP Media, Pößneck
Printed in Germany

www.loewe-verlag.de

1. Kapitel

„Überleg doch mal: Dieser Peter Schöbel ist angeblich ohne Fallschirm aus einem Flugzeug gesprungen!", rief Jasmin genervt. „Und dann klatschte er in einen Fluss im Urwald, in dem es nur so wimmelte von Krokodilen. Das soll er überlebt haben?"

„Na klar!", erwiderte Laura ungerührt und verschränkte die Arme.

„Und wie, wenn ich fragen darf?"

Laura zuckte die Schultern. Dann schaute sie sehnsüchtig zur Chipstüte auf dem Couchtisch. Doch statt ein paar Chips zu futtern, steckte sie ihre Finger in den Mund und knabberte so geräuschvoll an den Nägeln herum, als hätte sie ein halbes Wildschwein zwischen den Zähnen. Jasmin hätte sie erwürgen können! Nicht nur wegen des Geschmatzes, das lauter war als der Fernseher, sondern wegen ihrer Dummheit. Wie konnte Laura nur diesen Schwachsinn hinnehmen, der ihr jeden Abend in der Soap *Herzen im Sturm* aufgetischt wurde?

Seit zehn Minuten versuchte Jasmin ihr nun schon klarzumachen, wie verdammt unrealistisch die ganze Geschichte war. Leider schaltete Laura immer auf stur, wenn es um ihre Lieblingsserie ging.

„Okay, es klingt nicht sehr wahrscheinlich, dass Peter Schöbel überlebt hat", räumte Laura immerhin ein. „Andererseits ist es aber auch nicht völlig unmöglich, vielleicht konnte er sich die Krokodile irgendwie vom Leib halten."

„Na klar: Indem er sie mit seinen Autogrammkarten ge-

füttert hat!", spottete Jasmin. „Und was ist mit dem Auf-
prall? Schließlich ist der Kerl nicht von einem Stuhl in die
Badewanne gekippt, sondern aus einem Flugzeug in einen
Fluss gefallen."

Jasmin war gespannt auf Lauras Erklärung. Die bestand
allerdings nur aus noch lauterem Geschmatze, als Laura
ihre Fingernägel mit einem Schluck Diätcola runterspülte.

Nein, über „Herzen im Sturm" konnte man kein vernünf-
tiges Wort mit Laura reden. Heute war in der Soap ein Typ
namens Peter Schöbel wieder aufgetaucht, der vor über
fünfzig Folgen im brasilianischen Urwald den Löffel abge-
geben hatte. Seine vermeintliche Witwe war inzwischen
mit dem Stiefbruder ihres Exmannes verheiratet. Und seine
Kinder hatten sich von ihrer Tante adoptieren lassen, weil
ihre Mutter mittlerweile heroinsüchtig war und bereits drei
Selbstmordversuche hinter sich hatte. Komisch, dass die
Drehbuchautoren noch nicht an einer Überdosis Fantasie
gestorben waren ...

„Peter Schöbel bringt wieder richtig Schwung in die
Soap", freute sich Laura und stellte die leere Colaflasche
auf den Tisch. „Sieht er nicht super aus?"

„Als würde er jede Nacht auf 'ner Sonnenbank schlafen",
sagte Jasmin. „ Oh Gott, hast du einen Geschmack! Das Einzige, was diese Schrottserie erträglich macht, ist die viele
Werbung."

Laura winkte ab. „Reg dich ab!", meinte sie gleichgültig.
„Ist doch nur 'ne Soap!"

Sie stopfte sich ein Sofakissen unter den Kopf. Jasmin
warf ihr noch ein Kissen zu – ins Gesicht, worauf ihr Laura
ein fröhliches Lächeln zuwarf.

Wie öde!, dachte Jasmin. Konnte Laura nicht mal wieder
einen ihrer gefürchteten Wutanfälle kriegen? Zugegeben:

Es war wirklich nur 'ne dämliche Soap, über die sie stritten. Aber was sollten sie sonst tun, als sich ein bisschen zu fetzen? Draußen schneite es schon wieder, und die Straßen waren voller Matsch. Nicht gerade das richtige Wetter, um spazieren oder einander sonst wie aus dem Weg zu gehen. Darum hatten die drei Mädchen den ganzen Nachmittag vor dem Fernseher gehockt und sich zu Tode gelangweilt. Schließlich war Magdalene aufgebrochen, um was zu futtern zu kaufen. Amigo brauchte auch mal wieder Auslauf. Bei diesem ekelhaften Wetter wollte keins der Mädchen weiter mit ihm Gassi gehen als bis zur nächsten Ecke.

Laura war von der Idee mit dem Essen nicht sonderlich begeistert gewesen. Schließlich machte sie gerade ihre dreihundertsiebzehnte Diät und wollte nicht in Versuchung geführt werden. Damit trieb sie Jasmin langsam in den Wahnsinn. In letzter Zeit reichte es schon, wenn Magdalene oder sie nur mit der Zunge schnalzten. Dann kam Laura sofort angerast und brüllte: „Was esst ihr da? Ihr esst doch gerade was, stimmt's? Müsst ihr so gemein sein?"

Nichts konnte Jasmin mehr nerven als eine Mitbewohnerin auf Diät. Leider war Laura praktisch ununterbrochen auf Diät, seit sie vor ein paar Monaten gemeinsam in die WG gezogen waren.

Jasmin hatte nie verstanden, wie Laura sich in den Heimen, in denen sie bisher gelebt hatte, so viel Speck hatte anfressen können. Sie kannte das Essen in Heimen. Nicht so gut wie Magdalene und Laura, weil sie selbst nur wenige Monate in einem Heim verbracht hatte, ehe sie in die WG gekommen war. Aber Jasmin hätte schwören können, dass sie da eher ab- als zugenommen hatte. Verglichen mit den Mahlzeiten im Heim kam ihr McDonald's wie ein Luxusrestaurant vor.

Der Grund für Lauras neue Fastenkur war Weihnachten. Zumindest hatte sie Jasmin das erzählt. Nein, Laura war alles andere als religiös. Das hätte Jasmin ja noch verstanden. Sie wollte nur abnehmen, um in das Kleid zu passen, das sie sich extra für Heiligabend gekauft hatte. Außerdem wollte sie sich an den Feiertagen so richtig mit Keksen, Lebkuchen und Schokoweihnachtsmännern voll stopfen, ohne ein schlechtes Gewissen haben zu müssen.

Ganz ernsthaft hatte sie Jasmin erklärt, warum sie Schokoweihnachtsmänner für Betrüger hielt: Sie sahen zwar fett aus, waren aber innen hohl.

Jasmin hatte auch viel über Heiligabend nachgedacht. Ihre Gedanken gingen allerdings in eine andere Richtung. Es war das erste Weihnachten, das sie in der WG verbringen würde. Das erste Weihnachten, das sie ohne ihre Oma feiern würde. Keine selbst gemachten Häuschen aus Lebkuchen mehr, die nie älter als zwei Tage wurden, weil Jasmin dann über sie herfiel.

Wenn sie an Weihnachten dachte, sah sie die Wohnung ihrer Oma vor sich. Jedes Jahr schmückte sie sie mit Tannenzweigen und hängte einen Adventskalender für Jasmin auf. Und am Heiligen Abend durfte Jasmin erst ins Wohnzimmer, wenn Oma den Baum geschmückt hatte. Darunter lagen auch immer ein paar Geschenke. Jedes Jahr hatte Jasmin gehofft, einmal etwas anderes darin zu finden als selbst gestrickte Socken, einen Schal und Handschuhe. Vergeblich.

Jetzt hätte sie viel darum gegeben, noch einmal so ein Weihnachten feiern zu können. Eigentlich war für Jasmin Weihnachten genauso tot wie ihre Oma.

Vielleicht würde sie dieses Jahr mit ihrer Mutter feiern. Seit ihrem Entzug vor ein paar Monaten hatte die keinen

Tropfen Alkohol mehr angerührt. Langsam dachte Jasmin auch sehr viel ernsthafter über ihren Vorschlag nach, wieder zu ihr zu ziehen. Allein um dafür zu sorgen, dass sie auch trocken blieb.

„Was meinst du, wie lange Magdalene noch braucht?", fragte Laura mürrisch und riss Jasmin aus ihren Gedanken.

Sie zuckte mit den Schultern. „Wahrscheinlich ist sie zum Kiosk gegangen. Sie müsste bald wieder da sein", meinte sie gleichgültig.

Jasmin war heilfroh, dass Laura und Magdalene sich inzwischen ganz gut verstanden. Als Magdalene nach Nicoles Rauswurf nach Düsseldorf gekommen und in die WG gezogen war, hatten sich Laura und Magdalene ungefähr so gern gemocht wie Tom und Jerry.

„Sehen wir uns gleich diese neue Talkshow an?", fragte Laura lustlos.

Jasmin nickte. Sie hasste Talkshows, aber so verging wenigstens der Tag.

„Worum geht's denn?", erkundigte sie sich.

Laura blätterte in der Fernsehzeitung. „Ich bin Automechaniker und habe Pickel, aber meine große Liebe lebt in Kirgisistan", las sie vor.

Jasmin starrte sie ungläubig an.

Laura grinste. „War nur 'n Witz", erklärte sie. „Es geht um Jugendliche, die sich von ihren Eltern missverstanden fühlen."

Jasmin zog eine Schnute. „Genau unser Thema", murmelte sie.

„Schon gut", seufzte Laura und schaltete um.

In diesem Moment fiel die Wohnungstür ins Schloss. Zwei Sekunden später riss Magdalene die Wohnzimmertür auf.

Ihre Backen waren rot von der Kälte draußen, und ihre langen, roten Locken wirkten fast gefroren. Hinter ihr trottete Amigo ins Wohnzimmer.

Er sah aus wie Hund am Stiel. Mit eingezogenem Schwanz schleppte er sich zur Heizung und ließ sich erschöpft zu Boden plumpsen. Innerhalb von Sekunden war er eingeschlafen.

Magdalene zog sich die Mütze vom Kopf und warf sich neben Laura aufs Sofa.

„Hey!", murrte Laura und rutschte ein Stück zur Seite. „Was ist denn passiert? Du bist ja knallrot."

Laura hatte Recht: Magdalenes Gesicht glühte förmlich. Jasmin fragte sich, ob die Kälte der einzige Grund dafür war. Dieses Leuchten in Magdalenes Augen kam ihr reichlich verdächtig vor.

„Er ... er ist ... ich meine, er ... er ist irgendwie ...", begann Magdalene stockend und knetete dabei nervös ihre Finger.

„Wer er?", fragte Jasmin neugierig.

„Brad Pitt", antwortete Magdalene.

Jasmin und Laura wechselten einen viel sagenden Blick.

„Er ... er und ich ... na ja, er ist mir begegnet", stammelte Magdalene.

„Na und?" Laura schien kein bisschen beeindruckt. „Es war doch nur eine Frage der Zeit, bis ihm mal eine von uns über den Weg läuft."

„Ja, okay, das stimmt", sagte Magdalene. „Aber bisher war er doch immer hinter der Scheibe, versteht ihr? Und jetzt – so von Angesicht zu Angesicht ... Oh Mann, sieht der super aus!"

Für diese Schwärmerei hatte Jasmin nur ein mitleidiges Lächeln übrig. Brad Pitt! Wie konnte man sich so kindisch benehmen wegen eines Typen, der nicht Felipe hieß?

Für Jasmin gab es kein anderes männliches Wesen auf diesem Planeten, das auch nur einen zweiten Blick wert gewesen wäre. Natürlich war die Sache vollkommen aussichtslos. Zwischen Felipe und ihr würde es nie innige Umarmungen und heiße Küsse geben, denn dafür könnte Felipe ziemlich Ärger bekommen. Er war Sozialpädagoge und zusammen mit Lilli als Betreuer für die WG verantwortlich. Lilli und er teilten sich die kleine Dienstwohnung nebenan. Weil Felipe meistens die Nachtschicht hatte, bekam Jasmin ihn nicht so oft zu sehen, wie sie es sich gewünscht hätte.

„Er hat sogar mit mir geredet", verkündete Magdalene soeben mit strahlender Miene.

„Was?" Laura zog eine Augenbraue in die Höhe. „Er kann sprechen? In ganzen Sätzen? Ohne sich dabei die Zunge zu brechen? Und ich dachte immer, gut aussehende Jungs könnten nur eins: gut aussehen."

„Blöde Kuh!", zischte Magdalene und stand auf. Anscheinend war sie enttäuscht von Jasmins und Lauras Reaktion. Sie hatte sich wohl etwas mehr Interesse von ihren Mitbewohnerinnen erwartet.

„Ihr wollt also nicht wissen, was er gesagt hat?", fragte sie leicht gekränkt.

„Was hat er denn gesagt?", erkundigte sich Jasmin, obwohl ihr der Kerl so gleichgültig war wie die Brusthaare des Muskelprotzes, der in *Baywatch* gerade über den Strand stolzierte.

„Er hat nach dir gefragt", erklärte Magdalene.

Jasmin sah ihre Freundin erschrocken an. „Brad Pitt? Nach mir?"

Magdalene nickte. Natürlich wusste Jasmin, dass nicht wirklich vom Hollywood-Star die Rede war. Es ging um den

Jungen, der im Haus gegenüber wohnte. Von Magdalenes Fenster aus konnte man direkt in sein Zimmer sehen. Seine große Ähnlichkeit mit Brad Pitt hatte ihm in der WG den Spitznamen eingebracht.

Es war Magdalenes liebstes Hobby, ihn zu beobachten. Wetten, dass sie ihm schon längst aufgefallen war? Doch woher er Jasmin kennen sollte, war ihr schleierhaft.

„Er hat dich ein paar Mal gesehen, auf dem Weg zur Schule", erfuhr sie von Magdalene.

„Vielleicht meint er nicht mich, sondern Laura", gab Jasmin zu bedenken.

„Na sicher!", höhnte Magdalene. „Ihr seht ja auch aus wie Zwillingsschwestern."

Jasmin schaute Laura an. Abgesehen von ihren zwanzig Kilo Übergewicht war sie eigentlich sehr hübsch. Sie hatte kurze, braune Locken, eine Stupsnase und einen schönen Mund. Damit sah sie Jasmin allerdings wirklich nicht im Geringsten ähnlich.

„Außerdem hat er dich beschrieben", fuhr Magdalene fort. „Groß und schlank, langes, dunkles Haar, große, braune Augen." Magdalene blickte Jasmin herausfordernd an. „Also wenn sich der Knabe nicht in Bambi verliebt hat, dann meint er dich."

Jasmin zuckte mit den Schultern. „Und wennschon. Er interessiert mich nicht."

„Interessiert es dich auch nicht, dass er nächste Woche die Schule wechselt und in unsere kommt?", fragte Magdalene spitz. „Eine Klasse über uns."

Nein, das fand Jasmin nicht besonders spannend, und das sagte sie Magdalene auch.

„Mist!", schimpfte Laura. „Ich finde ihn echt nicht übel. Warum muss gerade ich auf eine andere Schule gehen?"

Was? Laura interessierte sich neuerdings auch für andere Jungs statt nur für Marco? Das fand Jasmin höchst erstaunlich. Bisher hatte Laura nur Augen für diesen Widerling gehabt, den Jasmin nicht ausstehen konnte. Marco war schuld daran, dass ihre erste WG-Mitbewohnerin Nicole rausgeflogen war.

Eine der goldenen WG-Regeln lautete nämlich, dass Jungs nicht über Nacht bleiben durften. Dieser Vollidiot Marco war nicht nur in Nicoles Bett eingeschlafen, er hatte auch noch gegen eine andere Regel verstoßen: keine Drogen. Aus Marcos Jackentasche fiel ein Päckchen Marihuana. Das war Nicoles Fahrschein zurück ins Heim gewesen.

„Los, sehen wir ihn uns noch mal an!", meinte Magdalene. Laura stand sofort auf und folgte Magdalene in ihr Zimmer, um durchs Fenster hinüber zu Brad zu linsen. Na ja, Jasmin musste zugeben, dass er tausendmal besser aussah als die *Baywatch*-Affen. Machten die immer so verkrampfte Gesichter, weil ihre Badehosen zu eng waren?

Jasmin schnappte sich die Fernbedienung und zappte durch die Programme. Draußen wurde es schon dunkel. Jasmin freute sich auf den Sommer. Warum konnte sie nicht in der Karibik leben? Sie schüttelte sich. Schnee war ja gut und schön, aber nur als Kulisse am Heiligen Abend. An allen anderen Tagen konnte sie darauf verzichten.

Aus Magdalenes Zimmer kam ein Kichern. Jasmin seufzte. Sie würde Magdalene zu Weihnachten ein Fernglas kaufen, damit sie ihre Augen nicht überanstrengte.

Schade, dass Felipe nebenan und nicht gegenüber wohnte, sonst würde Jasmin sich das Fernglas vermutlich mal ausleihen – und nie wieder zurückgeben.

Es klingelte an der Haustür. Amigo hob den Kopf, blickte mit trüben Augen in Richtung Flur und schlief weiter. Das bedeutete allerdings nicht, dass er keine Gefahr witterte, sondern nur, dass er müde war.

Wahrscheinlich hatte Lilli wieder mal ihren Hausschlüssel vergessen. Jasmin ging zur Gegensprechanlage, drückte auf den Summer und kehrte zurück ins Wohnzimmer. Sie hatte es sich eben wieder im Sessel bequem gemacht, als es an der Wohnungstür klopfte.

Komisch, normalerweise schneite Lilli einfach so rein. Vermutlich hoffte sie, die Mädchen eines Tages mit mindestens einer Heroinspritze zu überraschen. Die Chancen waren allerdings ziemlich gering – Lillis Stöckelschuhe machten so einen Höllenlärm, dass sie schon zu hören waren, wenn sie aus ihrem Auto stieg. Genug Zeit also, um die Spritzen verschwinden zu lassen, dachte Jasmin grinsend.

Jasmin ging zurück zur Wohnungstür, machte sie schwungvoll auf – und erstarrte vor Überraschung.

„Wer ist denn da?", rief Laura neugierig aus Magdalenes Zimmer.

Jasmin war zu verdattert, um auch nur ein Wort rauszukriegen.

Schon kam Laura in den Flur marschiert, schob Jasmin zur Seite – und riss vor Staunen Mund und Augen gleichzeitig auf.

Nun erschien Magdalene auf der Bildfläche.

„Was ist denn hier los?", wollte sie wissen.

Jasmin fand als Erste die Sprache wieder. „Das ist Nicole", stellte sie die Besucherin vor. „Unsere ehemalige Mitbewohnerin. Wie vom Himmel gefallen!"

Laura stieß Jasmin den Ellenbogen in die Hüfte und knurrte: „Erzähl mir nie mehr, dass es in meiner Lieblingssoap unwahrscheinlicher zugeht als im richtigen Leben, kapiert?"

2. Kapitel

Nicole konnte es kaum noch erwarten, dass der Zug endlich in Düsseldorf hielt. Neun Uhr fünfundzwanzig. Nur noch fünf Minuten!

Sie war ja schon in vielen blöden Heimen gewesen, aber das letzte war der absolute Horror gewesen. Wenn sie diesem Heim ein Zeugnis ausgestellt hätte, wäre es mit Sechsen überhäuft gewesen.

Nicole verließ ihr Abteil. Im Gang öffnete sie ein Fenster und steckte den Kopf hinaus. Nie hätte sie gedacht, dass sie sich mal so sehr auf Düsseldorf freuen würde! Als Lilli und Felipe sie vor drei Monaten zum Bahnhof gebracht und in den Zug nach Münster gesetzt hatten, hatte Nicole keinen Gedanken daran verschwendet, dass sie die Stadt, in der sie aufgewachsen war, verlassen musste. Dafür war sie zu beschäftigt gewesen. Zu beschäftigt damit, sich nicht anmerken zu lassen, wie peinlich ihr die Sache mit Marco war und wie sehr sie gegen die Tränen kämpfte.

Nie würde Nicole die Nacht vergessen, in der Felipe Marco entdeckt hatte. Marco und sie hatten sich in ihrem Zimmer CDs angehört. Das Nächste, woran sie sich erinnern konnte, war Marcos Schmerzgeheul, durch das sie aus dem Schlaf gerissen wurde.

Felipe zerrte ihn am Ohr aus ihrem Zimmer. Es dauerte ein Weilchen, ehe sie begriffen hatte, was passiert war. Sie wollte es Felipe erklären, aber der befragte erst mal Marco. Und was machte dieser bescheuerte Idiot? Gar nichts. Er grinste nur. Kein Wunder, dass Felipe die falschen Schlüsse gezogen hatte und bei Nicoles Version der Geschichte gar nicht richtig zuhörte.

Und dann war Marco auch noch das kleine Päckchen aus der Tasche gefallen. Einen Moment lang hatte Nicole gedacht, Felipe würde es nicht bemerken. Nur drei Sekunden später hatte der es auch schon aufgehoben und daran geschnuppert. Marco wollte abhauen. Doch Felipe packte ihn am Arm und Nicole vierundzwanzig Stunden und einige vergebliche Bitten später ihre Koffer.

Okay, es war nicht das erste Mal, dass sie irgendwo rausgeflogen war. Vermutlich auch nicht das letzte. Die sollten sich bloß nicht einbilden, sie würde sich unterkriegen lassen.

Vermutlich dachten Lilli und Felipe, sie wäre nach dem Vorfall in sich gegangen, wie Lilli es gern nannte. Vermutlich dachten sie auch, Nicole wäre nach wie vor in dem Heim, in das sie sie geschickt hatten. Tja, wie man sich doch täuschen konnte ...

Der Rheinturm kam in Sicht. Nicole zog den Kopf wieder ein und kehrte zurück ins Abteil. Natürlich hatte sie kein Gepäck dabei. Das wäre zu auffällig gewesen. Also schnappte sie sich nur ihre Jacke und schlüpfte hinein.

Inzwischen war der Zug in die Bahnhofshalle eingefahren. Als Nicole ausstieg, schlug ihr eiskalte Luft ins Gesicht. Seit wann lag Düsseldorf am Nordpol? Trotzdem hatte sie mit einem Mal das Gefühl, wieder zu Hause zu sein.

So, und was nun? Viel weiter als bis hierher reichten weder ihr Geld noch ihre Pläne. Konnte sie einfach so in der WG auftauchen und Jasmin und Laura bitten, sie zu verstecken? Es würde noch etwa zwei Wochen dauern, bis Nicoles Vater aus dem Gefängnis entlassen wurde. Bis dahin musste sie möglichst unsichtbar bleiben.

Und so schnell wie möglich rausfinden, was ihr Vater von ihrer tollen Idee hielt. Vielleicht wollte er ja gar nicht zusammen mit seiner Tochter nach Kanada auswandern. Vielleicht wollte er lieber in der Nähe seiner blöden Kumpels bleiben und weiter irgendwelche krummen Dinger drehen. Sehr viel eingebracht hatten sie ihm bisher nicht – abgesehen von ein paar Jahren Knast.

Das Problem bei Nicoles Vater war, dass er schon auf den ersten Blick wie ein Verbrecher aussah. Auch früher, als er noch ein unbescholtener Geschäftsmann gewesen war, hatten ihn die Leute oft misstrauisch gemustert. Selbst seine Nase schien zu schreien: „Hey, seht mich an, ich bin ein Gangsterzinken!" Vielleicht hatte er deshalb eines Tages die Kasse mitgehen lassen.

Trotz der Nase war sich Nicole sicher, dass er nicht gestohlen hätte, wenn seine tollen Kumpels ihn nicht dazu überredet hätten. Von diesen Leuten musste er unbedingt weg! Und Nicole selbst musste verschwinden, damit sie nicht wieder ins Heim gesteckt wurde. Also: auf nach Kanada!

Nicole hatte keine Ahnung, was sie als Erstes tun sollte. Sie hatte ein bisschen Angst davor, in der WG aufzukreuzen. Seit ihrem Rauswurf hatte sie sich nicht mehr bei Jasmin und Laura gemeldet. Nicht, dass sie nicht an sie gedacht hätte, die ganze Sache war ihr nur so furchtbar peinlich gewesen. Sie wusste, wie Jasmin auf Drogen reagierte. Was, wenn sie und Laura dachten, Marco hätte damals das Zeug für Nicole mitgebracht? Was, wenn sie sofort Lilli alarmierten, sobald sie vor der Tür stand?

Außerdem war an ihrer Stelle bestimmt längst eine neue Mitbewohnerin eingezogen. Die war natürlich auch eine Schwachstelle. Sie konnte Nicole jederzeit verraten.

Nein, sie wollte den Besuch in der WG lieber noch etwas verschieben. Sie beschloss, auf gut Glück mal nachzusehen, ob im Gefängnis gerade Besuchszeit war.

Als sie sich in der Straßenbahn nach Derendorf noch einmal durch den Kopf gehen ließ, was sie ihrem Vater sagen wollte, bekam sie es allerdings wieder mit der Angst zu tun. Wie sollte sie ihn überreden, mit ihr in ein Land auszuwandern, in dem sie niemanden kannten? Nicole hatte mal einen Film über einen Gefängnisausbruch gesehen.

Die drei Knackis – die selbstverständlich unschuldig eingesessen hatten – waren quer durch die USA bis nach Kanada geflohen. Und dort lebten sie friedlich zwischen Elchen und Bären und jeder Menge Schnee. Nicole wurde aus ihren Träumen gerissen, als die Straßenbahn wenige Meter vor dem Gefängniseingang hielt.

Nicole stieg aus und musterte neugierig das Gebäude hinter der Mauer. Eigentlich sah es nicht viel anders aus als das Heim in Münster, aus dem sie heute abgehauen war. Fast wie ein großes Wohnhaus und nicht sonderlich bedrohlich.

Hier lebte ihr Vater jetzt also seit sechs Jahren. Vor vier Monaten hatte sie ihn zum letzten Mal besucht, zusammen mit Felipe. Ein richtiges Gespräch war dabei nicht zu Stande gekommen. Aber das hatte wohl daran gelegen, dass Felipe die ganze Zeit dabei gewesen war.

Nicole dachte oft darüber nach, wie das Leben ihres Vaters da drin wohl sein mochte. Schließlich hatte sie genug Gefängnisfilme geschaut.

In der Nacht schrien die jungen Sträflinge bestimmt nach ihren Müttern. Die Wachen ließen beim Kontrollgang durch die Korridore ihre Gummiknüppel über die Gitterstäbe rattern. Jeden Tag wurden die Zellen durchsucht, ob sich auch keiner mit einem Löffel ein Loch nach draußen grub.

Und natürlich gab es einen im Knast, der alles beschaffen konnte – vom Briefpapier bis zum Jagdmesser. Bezahlt wurde er mit Zigaretten. Ihr Vater aber würde die Zeit nützen, um jedes Buch aus der Gefängnisbibliothek zu lesen. Daneben würde er anderen Häftlingen dabei helfen, Briefe an ihre Liebsten zu schreiben und ihren Realschulabschluss nachzumachen.

Im Grunde hatte Nicole natürlich keine Ahnung, was hinter den Gefängnismauern wirklich vorging. Ihr Vater hatte noch nie ein Wort darüber verloren. Doch all dieser Hollywood-Mist, den sich Nicole einbildete, war leichter zu ertragen als die Vorstellung, dass ihr Vater jeden Tag die Pissbecken putzte und sich von irgendeinem Junkie am Hintern tätowieren ließ.

„Was gibt's denn da zu gucken?", fragte plötzlich eine tiefe Stimme hinter Nicole.

Erschrocken fuhr sie herum. Ein Mann in blauer Uniform mit einer großen Tüte, der anscheinend gerade den Supermarkt gegenüber verlassen hatte, musterte sie von Kopf bis Fuß.

„Du starrst jetzt schon seit ein paar Minuten da rauf. Willst du vielleicht einbrechen?" Der Mann grinste von einem Segelohr zum anderen. „Das wär ja mal was Neues."

„Ich – äh – ich wollte jemanden besuchen", erklärte Nicole leicht verlegen.

„Besuchszeiten sind am Montag, Donnerstag und Freitag von acht bis dreizehn und von fünfzehn bis siebzehn Uhr", erklärte der Mann.

Nicole nickte. „Aha. Dann geh ich wohl besser und komme gestern wieder."

Der Mann runzelte die Stirn. „Soll das ein Witz gewesen sein?"

„Schon möglich", erwiderte Nicole. „Manchmal rede ich irgendeinen Scheiß, ohne es selbst zu merken. Das ist Ihnen bestimmt auch schon öfter passiert, oder?"

„Äh – wie bitte?"

„Vergessen Sie's", seufzte Nicole. „Sind Sie Wärter oder Häftling?"

„War das jetzt eine ernsthafte Frage oder wieder einer deiner Witze?"

Nicole zuckte die Achseln. „Keine Ahnung. Schönen Tag noch! Auf Wiedersehen!"

Sie drehte dem verdutzten Mann den Rücken zu und marschierte mit großen Schritten über die Straße zur Haltestelle.

Jetzt blieb ihr nur noch die WG. Da gab es zwar auch zwei Wärter, aber die waren viel besser angezogen ...

3. Kapitel

„Weißt du noch? Der Tag, an dem wir die Schule geschwänzt haben und Eis laufen waren?"

Es war Jasmin, die sich da so begeistert an alte Zeiten erinnerte. Magdalene verzog gelangweilt das Gesicht. Jasmin und Laura taten ja, als hätten sie Nicole seit zwanzig Jahren nicht mehr gesehen. Wenn sie das, worüber sie da redeten, wirklich alles erlebt haben wollten, dann hätten sie allerdings auch zwanzig Jahre älter sein müssen.

Sogar Amigo schien überglücklich zu sein, dass Nicole wieder da war. Er hockte zu ihren Füßen und wedelte so heftig mit dem Schwanz, dass er fast vom Boden abhob. Undankbares Aas! Hatte er etwa schon vergessen, dass sie,

Magdalene, ihn jeden Morgen fütterte? Na ja, vermutlich stand er nur auf Nicoles Parfüm – es roch nach Hundefutter.

„Und dann kam plötzlich euer Deutschlehrer auf Schlittschuhen an uns vorbei", kicherte Laura. „Der hatte nämlich auch geschwänzt!"

Nicole lachte. „Wisst ihr noch, was er gesagt hat?" Sie brummte mit tiefer Stimme: „Wenn ihr dichthaltet, tropfe ich auch nicht."

Die drei lachten wieder. Magdalene stieß einen Seufzer aus. Sie kannte diesen Deutschlehrer auch. Und er klang kein bisschen so, wie Nicole ihn eben nachgemacht hatte.

„Dabei hatte er viel mehr zu verbergen als wir", fuhr Nicole fort. „Diese blonde Tussi, die sich an seinen Hals klammerte, sah nicht unbedingt aus wie seine Frau."

„Ach, vielleicht hatte die ja zwanzig Kilo und dreißig Jahre abgenommen", warf Laura ein.

Sehr witzig! Langsam reichte es Magdalene. Was war eigentlich so toll an dieser Nicole? Jasmin und Laura behandelten sie ja, als wäre sie ein Superstar. Und ständig diese Komplimente! Oh, Nicole, deine Wimpern sind so lang! Was hast du nur mit deinem Haar gemacht? Das glänzt ja fast golden! Wow, hast du lange Nägel – bei mir brechen die immer sofort ab!

Blablabla. Sooo gut sah diese Nicole ja nun wirklich nicht aus. Sie hatte lange Wimpern – na und? Die haben Kälber auch. Und ihre Haare ... Natürlich glänzten die! Die Haarfärbeindustrie beschäftigte schließlich nicht umsonst tausende von Chemikern. Nur ein Idiot konnte annehmen, dass dieses Blond echt war. Lange Nägel? Richtig, für diese Krallen hätte sie einen Waffenschein gebraucht.

An Nicole war wirklich alles lang. Sogar die Zeit, die sie jetzt schon hier hockte und quasselte. Am liebsten hätte

Magdalene sie sofort wieder rausgeschmissen. Sie konnte sich sowieso nicht erklären, was die hier machte. Darüber hatte Nicole noch kein einziges Wort verloren.

Magdalene hatte auch seit über einer Stunde keinen Ton mehr von sich gegeben, und das war denen nicht mal aufgefallen. Okay, Magdalene hatte durchaus nichts dagegen, mal nicht im Mittelpunkt zu stehen. Aber dann sollte sich das Gespräch wenigstens um etwas Wichtiges drehen – um Magdalene zum Beispiel.

„Wie läuft's denn in der Schule?", fragte Nicole gerade.

„Oh, ganz gut", meinte Jasmin. „In Englisch steh ich auf Eins. Und in Mathe haben wir gestern eine Arbeit geschrieben, bei der ich –"

„Mich interessieren doch nicht die blöden Noten!", unterbrach Nicole sie. „Wer geht mit wem? Ist irgendeine aus dem Chor schwanger? Hat jemand was mit einem Lehrer? Los, her mit den spannenden Infos!"

Jasmin und Laura kicherten. Magdalene trommelte mit ihren Fingern auf den Tisch. Leider machte das überhaupt kein Geräusch – ihre Nägel waren eben nicht so lang wie die von Nicole. Und auch nicht so schreiend rot. Sie sah aus, als hätte sie vor kurzem ein Lamm gerissen.

Magdalene stand auf und ging ins Bad. Keines der drei Mädchen würdigte sie eines Blickes, als sie das Wohnzimmer verließ. Verdammt! Gerade hatten sie sich alle so gut verstanden. Jetzt tauchte diese Nicole wieder auf, und Magdalene schien sich für jeden in eine Unsichtbare zu verwandeln. Über ihr Aussehen hatten Jasmin und Laura noch nie ein Wort verloren. Dabei war Magdalene auf dem besten Weg, Model zu werden. Immerhin gab es einen auf der Welt, der Magdalene richtig schön fand. Zufällig hieß dieser Jemand genau wie Magdalene.

26

Sie schaute in den großen Spiegel im Badezimmer und lächelte sich an. Ihre langen, roten Locken stellten Nicoles Haar zweifellos in den Schatten. Und da war keine Chemie dabei. Henna ist schließlich ein reines Naturprodukt.

Ihre Haut war auch besser geworden. Drei Pickel pro Gesicht sollten in der Pubertät erlaubt sein.

Na schön, Magdalenes Augen waren nicht so strahlend blau wie die von Nicole, sondern braun. Aber wenn man ganz genau hinsah, dann konnte man kleine grüne Punkte darin erkennen. Leider sah niemand so genau hin wie sie selbst.

Auf jeden Fall hatte sie eine bessere Figur als Nicole. Kurz entschlossen hob sie ihren Pullover hoch und begutachtete ihre Brüste. Also, die konnten sich durchaus sehen lassen. Außerdem waren sie erst sechzehn Jahre alt – die beiden würden sich also sicher noch entwickeln. Magdalene zog es vor, keinen BH zu tragen. Durch dieses Einquetschen wollte man seinem Busen doch nur deutlich machen, dass er nicht größer werden sollte.

„Magdalene?"

Sie zuckte zusammen und zog schnell ihren Pulli runter.

„Bist du noch immer da drin?", tönte Lauras Stimme von draußen.

„Ja", rief Magdalene. „Man wird doch wohl mal in Ruhe aufs Klo gehen dürfen, oder?"

„Pinkelst du ins Waschbecken? Das Klo ist nebenan", versetzte Laura. „Beeil dich 'n bisschen! Wir müssen mit dir reden."

Ein flaues Gefühl machte sich in Magdalenes Magen breit. Wenn jemand sagte „Wir müssen mit dir reden!", dann hieß das selten etwas Gutes. Sie marschierte ins Wohnzimmer.

Nicole blickte auf, als sie reinkam, und musterte sie mit ernster Miene. Dann war es aber doch Jasmin, die das Wort ergriff.

„Hör mal, Magdalene", fing sie an. „Nicole ist aus dem Heim abgehauen, in das sie nach ihrem Rausschmiss hier gesteckt worden ist. Du kennst doch die Geschichte, oder?"

Magdalene nickte.

„Sie wird ein paar Tage bei uns unterkriechen, bis ihr Vater aus dem Gefängnis entlassen wird", sagte Jasmin. „Hast du was dagegen?"

Hatte Magdalene richtig gehört? Eine Ausbrecherin sollte hier Unterschlupf finden, bis ihr Vater aus dem Knast kam? Ach du Schande! Vielleicht war der Typ ein Serienmörder. Wie hieß Nicole noch gleich mit Nachnamen? The Ripper?

„Natürlich müssen wir alle damit einverstanden sein, sonst haut das nicht hin", erklärte Laura.

Drei Köpfe drehten sich gleichzeitig in Magdalenes Richtung. Sechs Augen starrten sie erwartungsvoll an.

„Ich halte das für eine geniale Idee", zwitscherte Magdalene fröhlich. „Was meint ihr, wer uns zuerst dazu gratulieren wird? Lilli oder Felipe?"

Nicole ließ ihren Kopf auf die Sofalehne zurückfallen. „Na toll!", stöhnte sie. „Dann also nicht. Könnt ihr mir eine Brücke empfehlen, unter der ich heute Nacht pennen kann?"

Jasmin war stinksauer. „Du willst ihr also nicht helfen?", fuhr sie Magdalene an.

„Moment mal!", gab die zurück. „Ich kenne Nicole nicht mal. Soll ich etwa ihretwegen riskieren, wieder zurück ins Heim zu kommen?"

Plötzlich nickte auch Laura. „Sie hat Recht. Lilli und Felipe würden uns alle rausschmeißen, wenn das auffliegt. Das

28

ist gegen die Regeln. Außerdem ist es praktisch unmöglich, Nicole hier zu verstecken."

Überrascht sah Magdalene zu Laura hinüber. Sie hatte nicht erwartet, dass sich jemand auf ihre Seite stellen würde.

Jasmin offenbar auch nicht.

„Du willst ihr nicht helfen?", fauchte sie Laura an.

„Natürlich will ich das", antwortete Laura gereizt. „Aber wir riskieren trotzdem 'ne ganze Menge, wenn wir das machen."

Von einer Sekunde zur anderen wirkte Nicole alles andere als cool, fand Magdalene. Sie sah aus wie ein sechzehnjähriges Mädchen, das Angst hatte.

„Warum bist du eigentlich aus dem Heim abgehauen?", wollte Magdalene wissen.

Nicole schluckte. „Ist das wichtig?"

Jasmin, Laura und Magdalene nickten gleichzeitig.

Nicole atmete tief durch. „Da waren ein paar Mädchen im Heim. Eine echte Gang. Die waren schon da, als ich hinkam. Die sehen aus wie Bodybuilder, ehrlich! Na, auf jeden Fall konnten sie mich von Anfang an nicht riechen. Haben mich dauernd verarscht und so."

Sie sah die drei anderen an und zuckte die Schultern. „Irgendwann hab ich dann einer gegen 's Schienbein getreten, weil sie meinen Rucksack in die Mülltonne gestopft hat. Da war sie gerade allein."

Laura rutschte unruhig auf ihrem Stuhl herum. „An deiner Stelle hätte ich sie lieber nicht angerührt."

Nicole nickte. „Das wäre klüger gewesen. Am nächsten Tag haben sie mich zu sechst auf meinem Zimmer besucht. Ich glaube, die haben mir die Hälfte meiner Haare ausgerissen."

In Gedanken daran verzog sie schmerzlich das Gesicht und rieb ihre Kopfhaut.

„Das wollte ich mir auch nicht gefallen lassen. Also hab ich mich gerächt. Ich hab Leim in ihre Haarshampoos gefüllt, Kaugummi in die Schlüssellöcher ihrer Spinde geklebt und unserem Heimleiter erzählt, wo sie rauchen."

„Wow!", staunte Laura, während Jasmin anerkennend durch die Zähne pfiff.

Und Magdalene? Die fing an, Nicole zu bewundern. Wenn ihr das passiert wäre, hätte sie sicher nicht den Mut gehabt, sich zu wehren. Genauer gesagt, war ihr so was Ähnliches passiert. Mit Schaudern musste Magdalene wieder an ihren Stiefbruder denken. Der hatte sie oft genug mit einem Punchingball verwechselt. Auf einmal kam ihr Nicole doch nicht mehr so fremd und unsympathisch vor.

„Und wie hat diese Gang darauf reagiert?", wollte Laura wissen.

Ein breites Grinsen erschien auf Nicoles Gesicht. „Gar nicht."

„Gar nicht?", hakte Jasmin ungläubig nach.

„Ich hab's gestern Abend gemacht, und heute Morgen bin ich abgehauen. Ich war halt nicht besonders scharf auf ein paar neue blaue Flecken. Obwohl die farblich ja ganz gut zu meinen Augen passen."

Die Mädchen lachten, auch Magdalene. Dann wurde es sehr still im Raum, und das eine halbe Ewigkeit lang. Bis auf Amigos Gehechel war im Wohnzimmer nichts zu hören.

Magdalene sah aus dem Fenster. Es schneite noch immer. Vielleicht konnte sich Nicole ja ein Iglu bauen, dachte sie. Doch im selben Moment musste Magdalene beinahe über sich selbst lachen. Eigentlich hatte sie schon längst entschieden, dass Nicole bleiben konnte.

„Was ist denn jetzt?", fragte Jasmin schließlich. „Seid ihr immer noch dafür, dass Nicole zurück nach Münster fährt?"

Lauras Antwort bestand aus einem leisen Grunzen.

„War das ein Ja, oder hast du nur gerülpst?", erkundigte sich Jasmin spitz.

Laura atmete tief durch. „Na schön, von mir aus kann sie bleiben."

Wieder richteten sich drei Augenpaare auf Magdalene. Sie riss ihren Blick vom Fenster los und lächelte Nicole freundlich an.

„Ich hab auch nichts dagegen."

Nicole lächelte zurück.

„Danke", hauchte sie erleichtert, streckte ihre Hand aus und legte sie auf Magdalenes Arm.

Weil Magdalene die ganze Szene zu rührselig wurde, versuchte sie schnell abzulenken und fragte: „Wie bist du denn auf die Idee mit dem Leim im Shampoo gekommen?"

Nicole grinste nur boshaft und meinte: „Tja, ich bin halt ziemlich einfallsreich ..."

4. Kapitel

Donnerstag war – abgesehen vom Wochenende – Lauras Lieblingstag. Am Donnerstag hatte sie nämlich nur drei Stunden Schule. Die vierte Stunde wäre eigentlich Religion gewesen, aber dieses Fach hatte sie abgewählt.

Sie hatte kein Problem damit, daran zu glauben, dass es einen Gott gab. Es war eher umgekehrt: Gott schien nicht zu glauben, dass es Laura gab. Jedenfalls hatte er noch nie was für sie getan, und das trotz ihrer vielen Gebete. Ihre Mutter war immer noch tot, ihr Vater blieb weiter unsichtbar und war nicht eines schönen Tages in einem goldenen Rolls-Royce vor ihrem Schultor aufgetaucht. Und ihre Kartoffelsackfigur war weit entfernt davon, sich in einen Model-Body zu verwandeln. Wenn sie bei *Baywatch* hätte mitspielen dürfen, dann höchstens als Rettungsboje. Irgendwie funktionierte die Sache mit dem Beten nicht richtig. Ob es vielleicht daran lag, dass Lauras Wünsche unbescheiden waren? Andererseits: Von wem sollte man sonst Wunder erwarten, wenn nicht von Gott?

Im Augenblick hatte Laura andere Dinge im Kopf. Etwa, wie sie auf schnellstem Weg nach Hause kam. Es war eisig kalt! Immer wieder fasste sich Laura an die Nase, um zu prüfen, ob sie noch nicht abgefroren war. Der Schneematsch auf den Straßen hatte sich inzwischen seinen Weg durch die Schuhe bis zu ihren Zehen gebahnt. Laura hatte das Gefühl, barfuß durch die Gegend zu spazieren.

Kurz darauf schloss sie die Wohnungstür auf, zog sofort Schuhe und Strümpfe aus und schleuderte sie in die nächste Ecke.

„Na? Immer noch so ordentlich wie früher?"

Laura fuhr erschrocken zusammen – sie hatte völlig vergessen, dass Nicole hier war. Sie hatte sich so sehr daran gewöhnt, die Wohnung am Donnerstag ein paar Stunden lang für sich allein zu haben, dass sie gar nicht mehr an ihren Gast gedacht hatte.

Nicole lehnte in der Wohnzimmertür und sah Laura zu, wie sie die Jacke auszog.

„Meinst du, Jasmin hat was dagegen, wenn ich mir was von ihren Klamotten ausleihe?", erkundigte sie sich bei Laura.

Die zog eine beleidigte Schnute. Warum lieh sich Nicole nichts bei ihr aus? So riesig waren ihre Sachen ja nun auch wieder nicht, dass Nicole darin verschwinden würde. Im Augenblick trug Nicole einen Jogginganzug von Magdalene.

„Bist du schlecht drauf?", wollte Nicole wissen.

Laura schüttelte den Kopf. „Warum sollte ich?", brummte sie und schob sich an Nicole vorbei in das Zimmer, das sie sich mit Jasmin teilte. Mit einem frischen Handtuch kam sie zurück in den Flur.

„Ich geh mal in die Badewanne", murmelte sie.

Nicole räusperte sich. „Äh, das geht jetzt leider nicht. Ich hab meine Sachen da drin eingeweicht."

Na toll! Laura musste sich auf die Zunge beißen, um Nicole nicht anzuschnauzen, dass sie ihre verdammten Sachen ins Waschbecken räumen sollte. Sie stellte sich Nicoles Vater in seiner Zelle vor und dachte an die Gang im Heim, von der Nicole verprügelt worden war, und blieb ruhig.

„Ich leg sie ins Waschbecken", sagte sie und verschwand ins Badezimmer.

Dort fischte sie erst mal mit spitzen Fingern Nicoles Jeans, ihre Socken und ihre Unterwäsche aus einer bräunlichen Lache und warf sie ins Waschbecken. Dann schrubbte sie die Badewanne, ließ heißes Wasser ein und dachte über Nicole nach.

Jasmin hatte ihr ein Lager aus einer Luftmatratze und ein paar Wolldecken gemacht. Gott sei Dank in Magdalenes Zimmer! Laura mochte Nicole zwar und hatte sich auch wirklich gefreut, sie wiederzusehen. Aber wenn sie an die Monate zurückdachte, die Nicole in der WG verbracht hatte, fiel ihr ein, wie oft ihr Nicole auf die Nerven gegangen war.

Laura fragte sich, ob sie an Magdalenes Stelle so nett zu Nicole gewesen wäre – sie kannte Nicole schließlich gar nicht. Na ja, bestimmt lag es daran, dass Nicole im Heim geschlagen worden war. So was Ähnliches hatte Magdalene ja mit ihrem Stiefbruder durchgemacht.

Nachdem Laura den Wasserhahn zugedreht hatte, zog sie sich aus und stellte sich mit geschlossenen Augen auf die Waage neben der Tür. Sie zögerte. Augen öffnen, ja oder nein? Eine grauenvolle Zahl lesen, ja oder nein? Sich den restlichen Tag verderben lassen, ja oder nein?

NEIN!

Schnell stieg sie in die Wanne und streckte sich behaglich aus. Ein bisschen Wasser schwappte über den Rand. Ihr fiel ein, dass sie vor kurzem in Physik über Wasserverdrängung geredet hatten. Blödes Fach! Ständig ging es um Masse und Gewicht – nicht unbedingt Lauras Lieblingsthemen.

Nicole hatte heute Morgen irgendeine blöde Bemerkung über Lauras Figur gemacht, die Jasmin irre komisch gefunden hatte. Genau das hatte sie früher schon gehasst, als Nicole noch bei ihnen gewohnt hatte: Dass Jasmin sie anhimmelte, dauernd an ihren Lippen hing und alles genial fand, was Nicole tat oder sagte, und ihr jeden Wunsch erfüllte.

Nicht dass Nicole etwas Großartiges verlangt hätte. Nur Kleinigkeiten, wie zum Beispiel Limonade. Jasmin war gestern Abend tatsächlich vom Sofa aufgestanden, in die Küche getigert und mit einer Dose Fanta für Nicole zurückgekehrt. Dabei hatte Jasmin sogar richtig glücklich ausgesehen. Sie benahm sich ja fast wie Amigo!, dachte Laura griesgrämig. Der saß auch ständig hechelnd zu Nicoles Füßen oder lief ihr schwanzwedelnd hinterher.

Wie durch ein Wunder waren gestern weder Lilli noch Felipe in der Wohnung aufgetaucht. Das passierte schon eher selten, denn normalerweise schaute einer von ihnen jeden Tag mal kurz rein. Wenigstens um sicherzugehen, dass ihre Schützlinge keine schwarzen Messen in der WG feierten.

Hoffentlich war Nicoles Vater genauso begeistert von der Idee, nach Kanada abzuhauen, wie seine Tochter, sonst würde Nicole zu Weihnachten auch noch hier sein.

Weihnachten. Laura hatte sich noch nie so viele Gedanken darüber gemacht wie dieses Jahr. Sie mochte Jasmin und Magdalene wirklich gern, aber sie wollte Weihnachten nicht unbedingt in der WG verbringen. In letzter Zeit erschien ihr immer öfter ihr Vater im Traum, den sie in Wirklichkeit noch nie gesehen hatte. Er stand vor der Tür und wollte sie abholen, um Heiligabend bei ihm und seiner neuen Familie zu verbringen. Ein Traum, den jedes Heimkind kannte.

Wenn sie Weihnachten mit einer Familie feiern wollte, dann würde Laura schon selbst eine finden müssen. Das war allerdings eine eher aussichtslose Sache. Die Leute adoptierten Babys. Niemand würde eine Sechzehnjährige haben wollen. Schon gar nicht eine Sechzehnjährige mit Übergewicht und übergroßer Klappe.

Laura stieg aus der Badewanne, trocknete sich ab und zog sich an. Als sie gerade auf dem Weg ins Wohnzimmer war, klingelte es an der Haustür. Sie drückte den Knopf der Gegensprechanlage.

„Wer stört?", brummte sie unfreundlich.

„Ich."

Marco! Lauras Herz machte einen Sprung.

„Wer?", fragte sie sicherheitshalber noch mal nach.

„Deine große Liebe", feixte Marco.

Wenn der wüsste, dass er damit gar nicht so Unrecht hat, würde er vermutlich sofort wieder abhauen, dachte Laura.

Sie drückte auf den Summer.

„Nicole, versteck dich! Marco kommt!", brüllte sie durch den Flur.

„Der Arsch!", brüllte Nicole aus Magdalenes Zimmer zurück.

Es klopfte an der Wohnungstür. Laura machte erst auf, als sie hörte, wie Magdalenes Zimmertür ins Schloss fiel.

„Hallo, meine Liebste!", flötete Marco gut gelaunt und ging mit seinen völlig verdreckten Stiefeln den Flur entlang zur Wohnzimmertür.

„Hey, du Ferkel!", rief Laura ihm nach. „Ich hab gerade Putzwoche. Könntest du deine Treter ausziehen, bevor du die ganze Bude in eine Schlammpfütze verwandelst?"

Marco sah sie überrascht an.

„Schrei doch nicht so", sagte er aufreizend ruhig. Dann zog er eine weitere Spur matschiger Fußabdrücke, als er wieder zurückkam. Er bückte sich und stieg aus seinen Stiefeln. Seine Füße rochen nicht so, als wären sie in den letzten Tagen einem Stück Seife begegnet.

„Wo sind denn die anderen beiden Schönheiten?", erkundigte er sich scheinbar gleichgültig.

Prompt schrillten bei Laura alle Alarmglocken. Jasmin und Marco konnten einander nicht ausstehen. Bei Magdalene sah die Sache allerdings schon ganz anders aus. Sie behauptete zwar, Marco sei ihr vollkommen gleichgültig. Er machte sie aber jedes Mal, wenn er sie sah, auf ziemlich plumpe Art an.

„Nicht da", antwortete Laura also nur trocken.

Marco machte ein enttäuschtes Gesicht. Zumindest fand Laura, dass er enttäuscht aussah. Vielleicht war es ja auch was anderes. Vielleicht hatte er versucht zu denken. Dabei hatte er manchmal einen ähnlichen Gesichtsausdruck.

36

„Schön, dann sind wir ja ungestört", meinte Marco im nächsten Augenblick, worauf Laura zufrieden lächelte.

Sie ging voran ins Wohnzimmer und schaltete den Fernseher ein: MTV. Laura drehte den Ton laut, weil Nicole nicht unbedingt mitkriegen musste, was Marco und sie so alles bequatschten. Es konnte ja sein, dass er endlich mal mit 'ner Liebeserklärung rausrückte.

„Wo treibt sich denn Magdalene gerade rum?", fragte Marco, sobald er es sich auf dem Sessel bequem gemacht hatte.

Magdalene! Konnten sie denn nicht über was anderes reden? Laura ließ sich nicht anmerken, wie gekränkt sie war.

„In der Schule", brummte sie.

Marco starrte auf seine Socken. Einer hatte drei Löcher, der andere nur zwei. „Und wann kommt sie wieder?"

„Meine Güte!" Laura war kurz vorm Explodieren. „Wolltest du zu ihr oder zu mir?"

„Zu dir natürlich", behauptete er ohne Zögern. „Es interessiert mich nur, wie ihr beide euch jetzt so versteht. Ob du gut mit Magdalene klarkommst und so."

Verdammter Lügner!

„Ja, alles super!", zischte Laura. „Danke der Nachfrage!"

„Weißt du schon, was du Weihnachten machst?", erkundigte sich Marco, um das Thema zu wechseln.

„Eigentlich hab ich keine Lust, in der WG zu feiern", erklärte sie. „Ich glaube nicht, dass das allzu lustig wird."

„Ist Magdalene denn über Weihnachten hier?"

Empört knallte Laura die Fernbedienung auf den Tisch und sprang vom Sofa. „Mir reicht's jetzt, du Idiot! Hau sofort ab, kapiert? Und lass dich nicht mehr bei uns sehen."

Marco machte ein verdutztes Gesicht. „Was ist los mit dir? Hast du deine Tage?"

„Raus!", brüllte Laura.

Marco stand zwar auf, machte aber keinerlei Anstalten zu gehen.

Laura kam sich auch schon ziemlich blöd vor, weil sie so ausgerastet war.

Zu dumm, dass ausgerechnet dieser Blödmann so verdammt gut aussah! Trotzdem wollte sie, dass der Kerl sich verzog. Das hatte er aber anscheinend nicht vor. Wie konnte sie ihn nur loswerden?

Kurz entschlossen stürzte sich Laura auf ihn, schlang die Arme um seinen Hals und küsste ihn auf den Mund.

Einen Augenblick lang passierte gar nichts. Dann reagierte Marco, indem er seine Lippen entkrampfte. Genau in diesem Moment ging die Tür auf, und Marco stieß Laura von sich weg. Mit großen Augen stierte er Nicole so fassungslos an, als sei sie soeben aus einem Videoclip ins Wohnzimmer gesprungen.

„Sorry, dass ich störe!", entschuldigte sich Nicole bei Laura. „Ich muss jetzt los zu meinem Vater, sonst ist die Besuchszeit vorbei. Kannst du mir deine Monatskarte leihen für die Bahn?"

„In meiner Jacke", knurrte Laura.

„Danke. Tschüss!"

Dafür, dass Nicole hereingeplatzt war, hätte Laura sie erwürgen können. Doch dafür, dass sie Marco keines Blickes gewürdigt hatte, hätte sie Lauras Meinung nach einen dicken Schmatz verdient gehabt.

Die Wohnungstür fiel ins Schloss.

„Das ... das war doch Nicole, oder?", stotterte der leichenblasse Marco, der endlich die Sprache wieder gefunden hatte. „Warum hat sie mich denn nicht gesehen?"

„Weil du Luft für sie bist", erwiderte Laura trocken.

38

„Hä? Wieso?"

„Überleg mal!"

Marco legte seine Stirn in Falten. Sehr viel schien das jedoch nicht zu helfen, denn kurz darauf machte er wieder: „Hä?"

Laura winkte ab. „Vergiss es! Denken und reden ist sowieso langweilig. Lass uns weitermachen mit dem Küssen, okay?"

„Hä?", tönte es zum dritten Mal.

Ehe Laura etwas darauf erwidern konnte, hatte Marco fluchtartig das Wohnzimmer verlassen.

„Warte, Nicole!", brüllte er, obwohl die sicher schon längst in der Straßenbahn saß.

Seufzend ließ sich Laura aufs Sofa fallen und glotzte auf den Bildschirm. Ein schwarzer Rapper, höchstens fünfzehn, hockte in der U-Bahn, wackelte mit dem Oberkörper und quasselte dabei so schnell wie ein Maschinengewehr. Laura verstand kein Wort von seinem Rap. Kein Wunder: Der Typ war ein Junge. Und Jungs konnte man einfach nicht verstehen.

5. Kapitel

„Warte doch mal, Nicole!"

Nicole ballte die Fäuste vor Wut. Kapierte dieser Schwachkopf denn nicht, warum sie vor ihm davonlief?

Sie wartete an der Haltestelle gegenüber auf die Straßenbahn, als Marco aus dem Haus kam. Sie wusste sofort, dass er hinter ihr her war, und stapfte mit Riesenschritten davon. Aber der Trottel heftete sich an ihre Fersen und schrie immer lauter ihren Namen. Zu gern hätte ihm Nicole ein für alle Mal die Meinung gesagt, aber dazu war jetzt keine Zeit. Sie musste zu ihrem Vater. Und darum ging sie noch schneller, um die Bahn an der nächsten Haltestelle zu erreichen.

Doch plötzlich packte Marco sie am Arm und keuchte: „Was soll der Scheiß? Hast du nicht gehört, dass ich nach dir gerufen habe?"

„Und hast du nicht gemerkt, dass ich es eilig habe?", giftete Nicole zurück und riss sich los. „Lass deine Drecksfinger bei dir, verstanden?"

„Hey, wie redest du mit mir?", wunderte sich Marco allen Ernstes. „Ich hab mich so gefreut, dich wiederzusehen!"

„Was?" Nicole traute ihren Ohren kaum. „Wie kannst du blödes Stück Scheiße es überhaupt wagen, in meine Nähe zu kommen?"

Marco kratzte sich am Kopf. In diesem Augenblick hatte er erstaunliche Ähnlichkeit mit einem Affen, fand Nicole.

„Ich hab keine Ahnung, warum du sauer auf mich bist", sagte er mit einer Miene, die seiner Behauptung nicht widersprach. „Bist du denn kein bisschen froh, dass wir endlich wieder zusammen sind?"

Oh Gott! Anscheinend war Marco in den letzten Wochen noch dämlicher geworden. Es hatte keinen Zweck, ihm irgendwas erklären zu wollen. Deshalb wandte Nicole ihm einfach den Rücken zu und setzte ihren Weg fort. Doch nur drei Meter weiter hielt Marco sie wieder fest.

Stinksauer wirbelte Nicole herum.

„Wenn du mich jetzt noch einmal anfasst, brauchst du ab morgen einen Strohhalm zum Essen!"

Grinsend ließ Marco sie los. „Ich will doch nur wissen, was du hast. Bist du böse, weil ich Laura geküsst habe? Die ist mir völlig egal, ehrlich!"

Das wurde ja immer besser! Jetzt dachte er auch noch, sie wäre eifersüchtig auf Laura. Dieser Knabe war wirklich einmalig – einmalig bescheuert! Nicole war heilfroh, dass ihr seine Lippen nicht mehr zu nahe kamen. Mit Schaudern erinnerte sie sich an seine Küsse. Auf eine Dusche mit Marcos Spucke wäre wohl kein Mädchen der Welt eifersüchtig. Dabei riss er immer so weit seinen Mund auf, als wollte er einen verschlingen.

„Kannst du dir wirklich nicht denken, weshalb ich böse auf dich sein könnte?", fuhr sie ihn an. „Denk mal scharf nach!"

Wieder kratzte Marco sich am Kopf. Ob er Läuse hatte? Vielleicht waren die durch die Ohren in sein Gehirn gekrabbelt und knabberten eifrig daran herum. Das würde erklären, warum es nicht so richtig funktionierte.

Marco war anscheinend mit Nachdenken fertig. Das Ergebnis lautete: „Nö."

Entgeistert schüttelte Nicole den Kopf. „Also, jetzt pass mal gut auf! Warum haben wir uns schon ziemlich lange nicht mehr gesehen? Weil ich deinetwegen wieder ins Heim gekommen bin. Nach Münster. Und wieso? Weil du kleiner Arsch in meinem Bett eingepennt bist. Und weil du Drogen dabeihattest. Und was hast du gemacht, als Felipe dich erwischt hat? Gar nichts! Du hättest ihm sagen können, dass ich vor Müdigkeit gar nicht mitgekriegt habe, wie du neben mir eingeschlafen bist, und dass ich nichts von deinen Drogen wollte! Aber nein: Ausgerechnet bei dieser wichtigen Gelegenheit hielt Schwatzbacke Marco die Klappe und sorgte dafür, dass ich aus der WG rausgeschmissen wurde. Vielen Dank! Auf Nimmerwiedersehen!"

Sie rannte los, weil die Bahn gerade an der Haltestelle stoppte. In letzter Sekunde sprang sie hinein und ließ sich auf den erstbesten Sitz fallen. Durchs Fenster sah sie Marco: Er stand immer noch dort, wo sie ihn verlassen hatte, und kraulte seine Kopfläuse. Vielleicht hätte sie eben etwas langsamer sprechen sollen, damit er wenigstens einen Teil davon verstanden hätte?

Nicole sah auf die Uhr. Die Besuchszeit dauerte nur noch eine Dreiviertelstunde. Aber mehr Zeit wollte sie sowieso nicht mit ihrem Vater verbringen. Was, wenn sie einander wieder nichts zu sagen hatten? Dann war es besser, wenn sie einen Grund zum Gehen hatte.

Vor dem Gefängnis zögerte sie wieder. Das Herz schlug ihr bis zum Hals, und ihre Hände zitterten. Vielleicht sollte sie doch erst morgen wiederkommen? Mindestens zehn Minuten lang stand Nicole in der Kälte und malte mit der Schuhspitze Figuren in den Schnee. Die Flocken wurden immer spärlicher. Als gar keine mehr fielen, gab sich Nicole einen Ruck und ging hinein.

Die Prozedur kannte sie schon: Metalldetektor, Tasche durchsuchen, Ausweiskontrolle. Nicole betete, dass das Heim keine Meldung an das Gefängnis gemacht hatte wegen ihres Verschwindens.

Dann durfte sie endlich in den Besuchsraum. Es war ein anderer Raum als das letzte Mal. Der hier war kleiner. Trotzdem summte er von den Gesprächen. Nicoles Vater saß allein an einem der Metalltische und wippte mit dem Bein.

Nicole sah sich noch einmal flüchtig im Zimmer um, ehe sie auf ihn zuging. An den anderen Tischen saßen noch fünf Männer mit ihren Besuchern. Drei kleinere Kinder waren auch hier, ein Mädchen starrte Nicole an.

Dann war sie bei ihrem Vater. Er stand auf und lächelte sie an.

„Nicht zu fassen!", sagte er. „Du bist ja schon fast so groß wie ich. Wie riesig willst du denn noch werden?"

Nicole ging nicht darauf ein. Schon seit fast einem Jahr war Nicole nicht mehr gewachsen. Trotzdem begrüßte ihr Vater sie immer noch mit seinem alten Standardspruch. Dabei hätte er Zeit genug gehabt, sich mal einen neuen einfallen zu lassen.

Wie bei jedem Besuch fragte sich Nicole auch diesmal, ob sie ihn küssen oder umarmen oder ihm nur die Hand geben sollte. Meistens nickten sie sich nur zu, doch diesmal drückte ihr Vater sie kurz an sich und bot ihr dann den zweiten Stuhl an.

„Wie geht's dir denn?", fragte sie ihren Vater, nachdem sie sich gesetzt hatten.

„Großartig!", sagte er. „Könnte allerdings mal ein bisschen Urlaub vom Knast gebrauchen."

„Den hast du doch bald", erwiderte Nicole. „Und zwar Endlosurlaub."

„Hm, hm." Ihr Vater kratzte sich an seinem stachligen Kinn. Wenn er sich mal drei Tage lang nicht rasierte, verwandelte sich sein Gesicht in einen Kaktus. „Irgendwie kann ich es kaum glauben", murmelte er. „Nur noch zwanzig Tage, dann steigt meine Abschiedsparty!"

Plötzlich runzelte er die Stirn. „Warum bist du denn heute allein?", wollte er wissen.

Nicole schluckte. Ihr Vater hatte genug Probleme, die Geschichte mit dem Heim wollte sie ihm lieber nicht erzählen.

„Die finden, ich wäre jetzt alt genug, um dich ohne Betreuer zu besuchen", antwortete sie.

„Woher kommst du denn? Aus Münster?"

„Äh, nein." Nicole überlegte fieberhaft, wie sie ihm erklären sollte, dass sie die nächsten Tage in der Nähe sein würde. „Sie haben mir erlaubt, meine Freundinnen in der WG zu besuchen."

„Heißt das, du bleibst eine Weile in Düsseldorf?"

Nicole nickte.

„Schöne Stadt", sagte ihr Vater vage. „Wird Zeit, dass ich sie mir mal wieder angucke. Dieses Haus hier – na ja, es steht zwar mitten in Düsseldorf, aber gleichzeitig auch auf einem anderen Planeten."

Er senkte den Kopf und starrte seine Finger an. Schweigend. Genau das hatte Nicole befürchtet. Diesmal konnte sie es weder auf Felipe noch auf eine der Wachen schieben. Sie und ihr Vater hatten einander nichts zu sagen. Was hatten sie schon gemeinsam?

Am liebsten hätte sie jetzt ohne Umschweife mit Kanada angefangen, fand aber nicht den Mut dazu.

Da räusperte sich ihr Vater. „Sag mal, Nicole, äh ... wie ... äh ... wie stellst du dir eigentlich unser Leben nach meiner Entlassung vor? Ich meine, die werden einem Vorbestraften sicher nicht das Sorgerecht geben. Und wir kennen uns ja auch nicht mehr so gut. Also, wenn du lieber nicht möchtest, dass ich dich im Heim besuche, dann ... äh ..."

„Nein, das möchte ich wirklich nicht", platzte Nicole heraus.

Bildete sie sich das nur ein, oder sah ihr Vater etwas erleichtert aus?

„Ich will nicht mehr ins Heim", erklärte Nicole bestimmt. Sie beugte sich vor. „Hör mal. Ich gehe nicht mehr dahin zurück. Es war schrecklich dort! Ich will mit dir zusammen sein."

„Wie stellst du dir das vor?", erkundigte sich ihr Vater.

„Also, laut Gesetz müsste ich im Heim bleiben, bis ich achtzehn bin."

„Eben."

„Aber für dich ist es auch nicht gut, hier zu bleiben", fuhr sie fort.

„Warum nicht?"

„Darum nicht!", erklärte Nicole. „Deine alten Kumpels werden dich besuchen, sobald du wieder draußen bist. Und dann fängt der ganze Mist wieder von vorne an, wetten?"

„Das sagt du so."

„Ja. Weil es stimmt. Und darum wandern wir beide nach Kanada aus."

Alles Mögliche hatte sich Nicole ausgemalt, wie ihr Vater auf ihren Vorschlag reagieren würde – mit Entsetzen, einem Überraschungsschrei oder einem Lachanfall. Aber er fragte nur: „Warum ausgerechnet Kanada?"

„Das ist ein schönes Land. Und sehr weit weg. Dort findet uns keiner."

„Aha."

Erneut verfiel ihr Vater in Schweigen. Nicole wurde nervös, sie rutschte auf ihrem Stuhl hin und her und überlegte, ob ihr Vater ihre Idee vielleicht nur für einen Witz hielt. Sonderlich beeindruckt schien er jedenfalls nicht zu sein.

Zum Glück ertönte in diesem Moment die Stimme eines Wärters: „Die Besuchszeit ist zu Ende. Die Besucher verlassen bitte das Gebäude."

Nicole stand auf und schaute ihren Vater erwartungsvoll an. Sie brauchte jetzt eine Antwort. Irgendeine. Sie musste wissen, was er davon hielt, mit ihr zusammen über den Großen Teich zu verschwinden.

„Na, was ist?", drängte sie ihn. „Fahren wir nach Kanada oder nicht?"

Ein Wärter kam auf sie zu. „Die Besuchszeit ist vorbei. Kommen Sie bitte mit."

„Gleich." Nicole brauchte nur noch ein paar Sekunden. Immerhin hatte ihr Vater eben den Kopf gehoben. Warum sagte er denn nichts? Der Wärter schob sich zwischen ihren Vater und sie.

„Sie können ja bald wiederkommen", meinte er freundlich.

Nicole gab auf. Sie nickte ihrem Vater zu und ging zur Tür.

„Nicole?"

Sie drehte sich um.

„Besorg uns ein paar warme Klamotten!", rief ihr Vater durch den ganzen Raum. „Es ist schrecklich kalt dort drüben!"

Die beiden lächelten sich an. Vor Freude hätte Nicole am liebsten die Arme in die Luft gestreckt. Kanada, wir kommen!, jubelte sie in Gedanken. Ob sich die Elche und die Bären über zwei neue Nachbarn freuen würden?

6. Kapitel

„Hey, warum stehst du denn schon auf?", murmelte Laura verschlafen. „Es ist doch Samstag!"

Jasmin wollte ihr antworten, aber Laura war schon wieder eingeschlafen. Sie ging zu ihrem Schrank und suchte sich einige Sachen raus. Dabei gab sie sich keine Mühe, leise zu sein. Laura wäre nicht mal aufgewacht, wenn die Toten Hosen ein Konzert neben ihrem Bett gegeben hätten.

Jasmin packte das Kleiderbündel und öffnete die Wohnzimmertür mit dem Ellenbogen.

„Guten Morgen!", begrüßten Magdalene und Nicole sie gut gelaunt.

„Ihr seid auch schon wach?" Gähnend rieb sich Jasmin den Schlaf aus den Augen.

„Wieso schon?", erwiderte Magdalene erstaunt. „Es ist halb zehn."

Ach du Schande! Dann ging Jasmins Wecker falsch. Sie würde zu spät zum Frühstück zu ihrer Mutter kommen.

So schnell wie möglich flitzte sie ins Bad. Magdalene eilte ihr nach.

„Was ist denn los?", erkundigte sie sich besorgt.

„Muss zu meiner Mutter", erklärte Jasmin hastig. „Nur noch schnell Zähne kämmen und Haare putzen."

Magdalene lachte. „Ich würde es umgekehrt machen und mich auch noch anziehen. Der Pyjama ist zwar süß, aber es ist eisig draußen. Und es schneit zur Abwechslung mal – so wie gestern und vorgestern und an den Tagen davor."

Zehn Minuten später rannte Jasmin aus der Wohnung und zur Straßenbahn. Sie hatte um halb zehn bei ihrer Mutter sein wollen. Na ja, die halbe Stunde würde sie verschmerzen.

Die Straßenbahn schien heute viel langsamer zu fahren als sonst. Als Jasmin endlich an der Haustür läutete, war es zehn nach zehn. Sie wartete, aber nichts geschah. Sie klingelte noch einmal. Wieder nichts. Erst nach dem dritten Klingeln meldete sich die verschlafene Stimme ihrer Mutter.

„Ja?"

„Mama? Ich bin's! Tut mir Leid, dass ich zu spät komme."

„Jasmin? Was willst du denn hier? Warte, ich mach auf."

Der Summer ertönte, und Jasmin stapfte hinauf in den dritten Stock. Hatte ihre Mutter etwa auch verschlafen?

47

Sie stand schon in der Tür, als Jasmin oben ankam. Über dem Nachthemd trug sie ihren uralten Morgenmantel.

„Na?" Ihre Mutter drückte Jasmin einen müden Kuss auf die Wange. „Lässt du dich auch mal wieder sehen? Hast Glück, dass ich hier bin. Eigentlich wollte ich schon längst auf dem Markt sein."

„Wieso Glück? Wir waren doch verabredet. Zum Frühstück. Um halb zehn! Hast du das vergessen?"

Jasmin nahm ihre Mutter genauer in Augenschein. Reichlich verwirrt sah sie aus. Der Grund dafür war nicht schwer zu erraten.

„Verabredet?", wiederholte ihre Mutter mit ungläubiger Miene. „Wirklich? Tut mir Leid, daran kann ich mich überhaupt nicht erinnern. Ich hab ein bisschen Kopfschmerzen, weißt du."

Plötzlich fiel ihr auf, dass Jasmin noch immer vor der Tür stand.

„Komm doch rein, mein Schatz!"

Das Wohnzimmer sah furchtbar aus. Überall lagen Kleider herum. Dreckiges Geschirr türmte sich auf dem Tisch. Ein Blumenstrauß in einem großen Bierglas war total verwelkt und stank vor sich hin. Ein Teller mit Nudeln stand auf dem Fernseher. Jasmin wollte gar nicht wissen, wie es in der Küche aussah. Vor zehn Tagen war sie das letzte Mal hier gewesen. Seitdem hatte ihre Mutter nicht mehr aufgeräumt.

„Ich war nicht auf Besuch vorbereitet", erklärte ihre Mutter mit einer hilflosen Geste. „Hatten wir nicht einen anderen Tag ausgemacht?"

Jasmin schüttelte den Kopf.

„Hast du schon gefrühstückt?"

Eben im Treppenhaus hatte sich Jasmin noch darüber gefreut, gleich mit ihrer Mutter am gedeckten Frühstückstisch zu sitzen. Doch beim Anblick dieser Drecksbude war ihr der Appetit vergangen.

„Nein, ich habe noch nichts gegessen", erwiderte sie gereizt. „Was meinst du, warum wir uns an einem Samstagmorgen treffen wollten?"

Ihre Mutter fuhr sich durch die Haare.

„Ich hab gar nichts im Haus", sagte sie leise. „Nichts zu essen, meine ich." Sie ging zum Sofa, strauchelte und fing sich im letzten Augenblick wieder. Offenbar fand sie das komisch, denn sie kicherte.

Am liebsten hätte Jasmin ihre Enttäuschung hinuntergeschluckt, aber die war so groß, dass sie bestimmt daran erstickt wäre. Und dazu hatte Jasmin keine Lust.

Sie durchbohrte ihre Mutter mit einem prüfenden Blick und sagte: „Du hast getrunken, gib's zu!"

Ihre Mutter versuchte zu lächeln, brachte jedoch nur eine klägliche Grimasse zu Stande. „Nein, hab ich nicht! Ich schwör's!"

„Im Schwören bist du Weltmeisterin!", stöhnte Jasmin. „Sei froh, dass du das noch nie vor Gericht musstest, da wird man für Meineide eingelocht."

Stinksauer ging Jasmin in die Küche und öffnete alles, was sich öffnen ließ. Sogar den Backofen und den Mülleimer. Sie war sich sicher, irgendwo noch eine Flasche zu finden. Und Flaschen fand sie auch wirklich, aber es war nichts Alkoholisches dabei.

Also kehrte sie zurück ins Wohnzimmer. Ihre Mutter saß mit großen Augen auf dem Sofa und stierte auf den Fernseher, obwohl er ausgeschaltet war.

„Wo hast du das Zeug?", brüllte Jasmin. Sie versuchte verzweifelt, die Tränen zurückzuhalten.

Ihre Mutter schüttelte nur den Kopf. Jasmin nahm sich den Wohnzimmerschrank vor. In der dritten Schublade wurde sie fündig. Wodka – eine halb volle Flasche. Sie stellte sich mit der Flasche in der Hand vor den Fernseher.

„Und was ist das? Hustensaft?"

Ihre Mutter starrte die Flasche an.

„Die muss ich vergessen haben, vor dem Entzug. Ehrlich, ich hab nicht getrunken. Die Flasche muss schon seit Monaten im Schrank gelegen haben."

Wenn Jasmin im Erfinden von Ausreden nur halb so schlecht wie ihre Mutter gewesen wäre, dann wäre sie schon längst von der Schule geflogen.

„Und du willst, dass ich zu dir ziehe, Mama?" Jasmin tippte sich an die Stirn. „Wozu brauchst du mich denn? Vielleicht als Babysitter, damit du nicht mehr an der Flasche nuckelst?"

Weil sie keine weiteren Ausreden von ihrer Mutter hören wollte, stürmte Jasmin wütend aus der Wohnung. Erst in der Straßenbahn merkte sie, dass sie die Flasche immer noch in der Hand hatte. Und dass ihr Tränen über die Backen rollten.

„Hey, warum weinst du denn?", fragte eine Stimme hinter ihr.

Sie drehte sich um. Brad Pitt! Der hatte ihr gerade noch gefehlt! Warum war nicht plötzlich Felipe in der Straßenbahn aufgetaucht, um sie tröstend in seine Arme zu nehmen? Nein, es musste der Schönling von gegenüber sein. Verdammter Mist! Heute war wirklich ihr Glückstag.

„Ich heule, weil die Wodkaflasche gleich leer ist", meinte sie und drehte sich wieder um.

Der Blödmann stand auf und setzte sich auf den freien Platz neben ihr.

„Ich bin Scott", sagte er. „Ich wohne direkt gegenüber von euch."

„So?"

Bloß kein Interesse zeigen, sonst ließ der Kerl sie bis zum Aussteigen nicht in Ruhe. Jasmin hatte mal einen Hamster gehabt, der sich immer tot stellte, sobald er Gefahr witterte. Sollte sie sich mit starren Augen zu Boden fallen lassen?

„Ich hab dich schon öfter gesehen", fing Scott an zu sülzen. „Vor allem morgens, wenn du zusammen mit deiner Freundin aus dem Haus gehst. Übrigens: Ich bin jetzt auch auf deiner Schule. Das heißt, ab nächster Woche."

„Sehr interessant", murmelte Jasmin und schaute aus dem Fenster, obwohl es dort nur Autos, Häuser und Menschen zu sehen gab.

„Weißt du, in meiner alten Schule, da hatte ich ziemlich viele Probleme. Nicht nur mit meinen Lehrern, sondern auch –"

Jasmins Gähnen war so laut, dass man es garantiert bis nach Köln hören konnte.

Prompt verstummte Scott und fummelte nervös an seinen Rucksackträgern herum. Ob er jetzt endlich die Klappe hielt?

„Okay, reden wir nicht über mich, sondern über dich", schlug er vor. „Was hast du denn wirklich mit dem Schnaps vor?"

„Trinken, was sonst?"

Scott starrte Jasmin so entgeistert an, als hätte er soeben entdeckt, dass sie keine Nase hatte.

„Weißt du etwa nicht, warum wir drei in dieser WG wohnen?"

„Wieso WG? Seid ihr denn keine Geschwister?"

Jasmin musste lachen. „Nein, sind wir nicht. Es gibt zwar

Leute, die uns für Drillinge halten, aber die sollten schleunigst mal zum Augenarzt gehen."

„Was für 'ne WG soll das denn sein?", erkundigte sich Scott neugierig.

„Wir sind aus einem Heim für schwer erziehbare Kinder. Da gab's Kids, mit denen die Leute dort absolut nicht klarkamen. Also haben sie die schlimmsten Fälle in eine Wohnung gesteckt, wo sie ständig von zwei Typen bewacht werden", fantasierte Jasmin.

Bildete sie sich das nur ein, oder war Scott eben ein Stückchen zur Seite gerutscht?

„Und diese schlimmsten Fälle, das ... das seid ihr drei?"

Jasmin nickte. „Magdalene ist heroinsüchtig. Hat jede Menge Vorstrafen. Diebstahl, Einbruch und schwere Körperverletzung. Hat ihren Stiefbruder und seinen Vater krankenhausreif geschlagen."

Scott lachte gezwungen. „Du nimmst mich auf den Arm!"

„Das könnte ich gar nicht! Aber Magdalene würde das sicher schaffen. Und wenn du dich wehren würdest, könntest du dir anschließend ein neues Gebiss zulegen."

„Echt? Ich hab sie doch getroffen. Sie hat mir erzählt, in welche Schule sie geht, und sie kam mir gar nicht so vor, als wäre sie –"

„Als wäre sie was?", unterbrach ihn Jasmin und warf ihm einen drohenden Blick zu.

„Als wäre sie so ... so kräftig", antwortete er ausweichend.

Jasmin biss sich auf die Zunge, um keinen Lachkrampf zu kriegen.

„Laura hast du doch auch schon mal gesehen, oder?", fuhr sie gnadenlos fort. „Hättest du etwa gedacht, dass sie die Hunde ihrer Nachbarn vergiftet hat, als sie gerade mal vier Jahre alt war?"

Scott riss die Augen auf. Jasmin konnte sich das Grinsen nicht verkneifen. Glaubte er ihr tatsächlich all diesen Schwachsinn? Laura und Hunde vergiften! Sie hätte ihnen eher das Futter weggefressen.

„Mit sechs war Laura schon so gefährlich, dass ihre Mutter weglief", schwindelte Jasmin weiter. „Zumindest sagte das Lauras Vater, die Nachbarn erzählten eine andere Geschichte." Sie machte eine Pause. „Aber dafür gibt es keine Beweise", fügte sie dann flüsternd hinzu.

Jetzt war sie ganz sicher, dass Scott es bereits bedauerte, sie angequatscht zu haben. Der arme Kerl schaute total entsetzt aus der Wäsche.

„Und dann gibt es da noch jemanden in der WG." Jasmin deutete auf sich selbst. „Jasmin. Aber keine Angst, ich bin nur eine kleine Nummer. Alkoholikerin und ein bisschen paranoid. Ich kam ins Heim, weil ich meinen Stofftieren mit einer Schere die Augen ausstach. Die blöden Viecher haben mich ständig angestarrt. Weißt du, wie unangenehm es ist, wenn du deiner Mama Geld aus der Brieftasche klaust und dabei von einem Stoffhund beobachtet wirst? Du kannst nie sicher sein, ob der kleine Scheißkerl auch dichthält. Und darum willst du nur noch eins: töten, töten, töten!"

Der leichenblasse Scott stand auf und murmelte: „Ich muss jetzt raus."

„Hier geblieben!"

Jasmin packte einen Zipfel seines blauen Anoraks und zog ihn wieder auf den Sitz zurück. Gerade jetzt, wo es so großen Spaß machte, wollte der Angsthase verduften?

„Die nächste Haltestelle erst, du Komiker!", sagte sie lachend. „Ich weiß doch, wo du wohnst."

Scott hockte sich wieder neben sie und blieb wie angenagelt sitzen.

„Wenigstens hab ich vorgesorgt für die Zeit, wenn ich endlich aus der WG entlassen werde", erklärte Jasmin. „Möchtest du wissen, wie mein Opa gestorben ist?"

„Nein!" Es klang fast flehend. „Erzähl's mir lieber nicht!"

Jasmin tat es trotzdem. „Es sah aus wie ein Unfall. Und das war es ja auch. Mehr oder weniger. Der Föhn lag auf dem Badewannenrand. Opa war immer ein bisschen ungeschickt, weißt du? Und er hätte nicht baden gehen sollen an dem Abend, an dem er mir verraten hatte, wer sein Alleinerbe ist."

„Scheiße!", brummte Scott. Er sprang auf. „Jetzt muss ich aber wirklich raus!", rief er und drückte verzweifelt auf den Halteknopf. Wahrscheinlich hätte er am liebsten die Notbremse gezogen.

Jasmin stand ebenfalls auf, stieß ihn lächelnd in die Seite und fragte: „Du glaubst doch wohl kein Wort von dem ganzen Blödsinn, oder?"

Er antwortete nicht und drehte ihr den Rücken zu.

„Das war nur ein Witz!", stellte Jasmin mit Nachdruck fest. „Hast du kapiert?"

In diesem Moment hielt die Bahn, und Scott sprang raus. Auf dem glatten Boden wäre er beinahe ausgerutscht. Er flüchtete mit Riesenschritten zu seiner Haustür. Jasmin folgte ihm. Was zum Abschluss dieser Comedy-Szene noch fehlte, war ein guter Schlussgag. Und ihr war gerade einer eingefallen.

Als Scott vor seinem Haus ankam und die Schlüssel zückte, schlang sie von hinten einen Arm um seinen Hals, drückte zu und zischte: „Los, her mit deiner Kohle, du Arsch!"

„Ich ... ich hab keinen Pfennig dabei!", röchelte er.

„Wenn du mir das nächste Mal über den Weg läufst, will ich Scheine sehen!"

„Okay!"

„Denk an meinen Stoffhund!"

Prustend ließ sie ihn los und verschwand auf die andere Straßenseite. Noch nie hatte ihr der Bauch so wehgetan. Seltsam: Lachen konnte manchmal schmerzhafter sein als heulen.

7. Kapitel

Putzen? Besonders anstrengend war das bestimmt nicht. Magdalene hatte noch nie davon gehört, dass sich jemand zu Tode geputzt hatte. Der Job schien nicht übel zu sein. Und kein bisschen schwierig. Mit Wasser, Eimern und Lappen konnte ja wohl jeder Idiot umgehen. Und zehn Mark Stundenlohn bedeutete, dass Magdalene nur hundert Stunden putzen musste. Dann konnte sie endlich zu einem richtig guten Fotografen gehen und sich eine Fotomappe zusammenstellen lassen.

Seit Jahren träumte Magdalene nun schon davon, Model zu werden. Dummerweise ging aber nichts ohne Setkarte. Auf dieser Setkarte mussten die besten Fotos von Magdalene drauf sein. Dafür brauchte sie natürlich auch den besten Fotografen. Und der kostete – das wusste sie inzwischen – ungefähr so viel wie ein uraltes Auto oder drei Wochen Mallorca: rund tausend Mark nämlich.

Nachdem alle anderen Versuche, an das Geld zu kommen, gescheitert waren, hatte Magdalene beschlossen, bis zum Äußersten zu gehen: Sie wollte arbeiten!

In der Zeitung hatte sie eine Anzeige gefunden. Ein älterer Herr suchte jemanden, der einmal in der Woche zum

55

Putzen kam. Und Putzen war ja nun wirklich ein ehrenhafter Beruf – solange niemand dahinter kam, dass man ihn selbst ausübte. Sollte allerdings jemand so blöd sein, Magdalene auf diesen Job anzusprechen, dann würde sie diesen Jemand mit einem Glas Meister Proper vergiften.

Jetzt war sie aber erst mal auf dem Weg zu dem älteren Herrn. Zugegeben: Ein bisschen mulmig war ihr schon zu Mute. Falls der Typ in einem Stringtanga mit Leopardenmuster die Tür öffnete, würde sie sofort wieder abhauen.

Das vierstöckige Haus, vor dem sie zehn Minuten später stand, sah ziemlich teuer aus. Wer hier wohnte, lebte garantiert nicht von Sozialhilfe. Sie klingelte bei Herrn Stöver.

„Ja?", meldete sich eine hohe Männerstimme aus der Sprechanlage.

„Guten Tag! Hier ist Magdalene Dorner."

„Wer?" Die Stimme klang ziemlich ratlos.

Magdalene räusperte sich. „Ich hab vorhin angerufen. Wegen des Jobs."

„Ach ja: die Putzfrau!"

Magdalene schnitt eine Grimasse. Putzfrau! Redete man so mit einem zukünftigen Supermodel?

Grummelnd stapfte sie hinauf in den zweiten Stock. Es gab zwar einen Aufzug, aber der war Magdalene nicht ganz geheuer – das Ding war vermutlich zehnmal so alt wie Herr Stöver.

Als sie oben ankam, wartete der kleine, dürre Mann schon in der Tür. Ach du Schande!, dachte Magdalene, der könnte den Fahrstuhl glatt gebaut haben, so steinalt sieht er aus! Er trug einen uralten Anzug mit Flicken an den Ellenbogen. Sein weißes Haar war zu einer seltsamen Frisur gekämmt. Schaute ein bisschen aus, als hätte ein Vogel darin genistet.

„Sie sind fünf Minuten zu spät", ließ er Magdalene wissen und zeigte ihr zum Beweis seine goldene Taschenuhr.

„Als ich geklingelt habe, war es noch drei Uhr", erwiderte sie gereizt. Wenn sie schon eine Putzfrau sein sollte, dann wenigstens keine unpünktliche.

„Kommen Sie rein", meinte er schon etwas freundlicher. Er drehte sich um und ging in den Flur voran.

Magdalene zögerte. Okay, einen Stringtanga trug er nicht. Und wenn, dann wenigstens unter dem Anzug. Auch sonst schien er ziemlich harmlos zu sein. Aber irgendwas in seinen wässerigen Augen sorgte dafür, dass Magdalene ein mulmiges Kribbeln im Magen fühlte. Oder hatte sie zu viele schlechte Filme mit scharfen Opas gesehen, die sich an jedes weibliche Wesen unter siebzig ranmachten?

Schließlich folgte sie ihm in die Wohnung. Einen Moment dachte sie daran, die Tür offen zu lassen. Doch dann lächelte sie selbst über diesen Gedanken. Falls Herr Stöver tatsächlich über sie herfallen sollte, würde sie schon mit ihm fertig werden. Mit einem kräftigen Schlag aufs Ohr könnte sie ihm sein Hörgerät ins Hirn bohren.

An der Wand neben der Tür hingen noch mehr Taschenuhren in Gold und Silber. Die würde Magdalene allerdings sicher nicht polieren müssen, die Dinger glänzten, als kämen sie eben vom Uhrmacher.

Vorsichtshalber zog Magdalene die Schuhe aus. Sie wollte sich selbst nicht mehr Arbeit machen, indem sie Dreck reintrug.

Es roch nach Möbelpolitur und Bohnerwachs. Magdalene brauchte ein paar Sekunden, bis sich ihre Augen an die Dunkelheit gewöhnt hatten. Was sollte das? War der Typ ein Vampir, oder hatte seine Wohnung einfach keine Fenster?

Als sie ins Wohnzimmer kam, wusste sie, warum es hier drin so düster war. Es gab zwar jede Menge Fenster, aber die waren alle mit dicken Gardinen verhängt.

„Putzzeug ist in der Küche", erklärte Herr Stöver, der sich in einem Ledersessel niedergelassen hatte. „Sie können dann schon mal anfangen."

„Äh – bin ich denn eingestellt?", erkundigte sich Magdalene.

„Ja!" Er schlug eine Zeitung auf. „Worauf warten Sie, junge Dame? Möchten Sie kein Geld verdienen?"

„Doch. Aber kann ich nicht erst die Vorhänge aufmachen? Sonst seh ich nicht, was ich putzen soll."

Das konnte sie allerdings auch nicht erkennen, als die Vorhänge offen waren. Dieses Wohnzimmer war mit Abstand der sauberste Raum, den Magdalene je betreten hatte! Was sollte sie hier machen? Was sollte sie hier putzen? Kein Chirurg hätte sich geweigert, in diesem Zimmer eine Operation durchzuführen. Es war geradezu klinisch rein.

Unsicher ging Magdalene in die Küche, um das Putzzeug zu holen. Nicht zu fassen: Die Küche war noch sauberer als das Wohnzimmer! So was hatte Magdalene noch nie gesehen. Außer vielleicht in einem Laden für Einbauküchen.

Ein nagelneuer Eimer stand neben der Heizung. Darin lagen vier Schwämme und zwei Lappen. Aus Seide waren die zwar nicht, aber neu und schön.

Sollte Magdalene jetzt etwa fünf Stunden lang so tun, als würde sie die Wohnung putzen? Was, wenn Herr Stöver am Ende auch nur so tat, als würde er sie bezahlen?

Sie füllte Wasser in den Eimer und fühlte sich immer unbehaglicher. Dann fing sie an, in der Küche zu arbeiten. Nachdem sie eine Küchenplatte abgewischt hatte, musste sie feststellen, dass sie nun weniger glänzte als vorher.

Aufmerksam sah sie sich um, ob nicht irgendwo doch ein winziges Staubkorn lag. Nein, absolut nichts!

Magdalene blieb noch zehn Minuten in der Küche, ohne sich zu rühren. Dann ging sie wieder ins Wohnzimmer.

„Sind Sie fertig da drin?" Herr Stöver ließ die Zeitung sinken.

Magdalene nickte langsam.

„Gut. Dann können Sie ja hier weitermachen", sagte er.

Wieder sah sich Magdalene um. Verdammt, wo sollte sie denn hier sauber machen? Ihr fiel ein, dass sie in der Küche einen Besen gesehen hatte. Mit so einem Ding in der Hand würde sie wenigstens wie eine Putzfrau aussehen. Also trottete sie zurück und kam mit dem Besen wieder.

Magdalene begann, den Boden zu kehren. Toll! Ebenso gut hätte sie in der Wüste Sahara Sand streuen können.

„Das machen Sie sehr gut", lobte sie Herr Stöver nach einer Weile.

Verwirrt starrte sie ihn an. Machte sich der Spinner über sie lustig? Wozu bestellte jemand eine Putzfrau, wenn seine Wohnung aussah wie frisch lackiert?

„Danke", sagte sie kopfschüttelnd und kehrte weiter die Luft auf einen Haufen.

„Sie bewegen sich so schön", flötete der alte Herr, während er die Zeitung zusammenfaltete.

Hä? Was sollte denn der Scheiß?

„So geschmeidig", fuhr Herr Stöver fort. „Wie eine Katze."

War der Alte völlig durchgeknallt? Anscheinend wollte er keine Putzfrau, sondern ein Haustier. Wäre auch besser gewesen: Dann hätte er wenigstens jemanden gehabt, der hier ein bisschen Dreck machte. Danach konnte er ja Magdalene wieder anrufen.

„Wollen Sie fünfzig Mark die Stunde verdienen?", fragte er plötzlich.

Wer würde darauf schon Nein sagen?, dachte Magdalene. Vermutlich alle, die sechzig und mehr verdienten. Aber sicher niemand, der nur zehn Mark Stundenlohn bekam. Die Sache musste einen Haken haben.

„Klar!", sagte sie. „Und wofür?"

Herrn Stövers kleine Schweinsäuglein verengten sich noch ein bisschen mehr.

„Für's Putzen natürlich." Er grinste.

„Okay", sagte Magdalene.

Da hob Herr Stöver seine magere Greisenhand. „Moment! Fünfzig gibt's nur, wenn du ohne Kleider putzt."

Ohne Kleider? Magdalene traute kaum ihren Ohren.

„Ich putze nicht mit Kleidern", erklärte sie trocken. „Ich benutze die Lappen hier."

Herr Stöver besabberte sich fast beim Kichern. „Nein, nein! Ich meine, du sollst nackt putzen."

Aha! Jetzt wusste sie, was der Alte von ihr wollte.

„Kann ich darüber nachdenken?", fragte Magdalene.

Herrn Stövers Antwort bestand aus einem gönnerhaften Nicken. Offenbar war er sicher, dass sie sein Angebot annehmen würde.

Perversling!, dachte Magdalene. Dann verschwand sie wortlos aus dem Wohnzimmer. Im Flur öffnete sie alle Türen, bis sie das Klo fand. Dort schloss sie sich ein. Eigentlich musste sie gar nicht, aber auf der Toilette konnte sie immer am besten nachdenken. Sie klappte den Klodeckel runter und setzte sich drauf.

Also: Auf der einen Seite waren da fünfzig Mark die Stunde und somit die Setkarte in vier Monaten. Auf der anderen Seite war da ein schmieriger Opa, der sie dafür bezahlen wollte, dass sie nackt putzte. Magdalene fand den Gedanken, dass der Arsch ihr auf den Hintern glotzte, schon nicht angenehm, solange sie angezogen war. Die Vorstellung, nackt vor dem Kerl rumzulaufen, fand sie zum Kotzen.

Eigentlich musste sie gar nicht nachdenken. Aber etwas anderes wollte sie dringend erledigen.

Magdalene kramte ihren Lippenstift aus der Hosentasche und betrachtete den Spiegel über dem Waschbecken. Er war ebenso strahlend sauber wie alles andere hier. Noch.

Sie zückte den Lippenstift und malte mit äußerstem Vergnügen riesige Buchstaben auf die glatte Oberfläche.

ALTE SAU!

Zufrieden begutachtete sie ihre Arbeit noch mal. In leuchtendem Rot wirkten die Worte doppelt eindrucksvoll.

Magdalene packte den Lippenstift wieder weg und schloss leise die Tür auf. Auf Zehenspitzen ging sie den Flur entlang zur Wohnungstür.

Wieder glitzerten die Taschenuhren sie an. So ein Mist! Es war schon nach vier. Eigentlich hätte sie jetzt zehn Mark bekommen müssen. Wenn man es genau nahm, hätte sie mehr als zehn Mark bekommen müssen. Sie hatte sich nämlich ausgezogen – zumindest die Schuhe.

Schnell schlüpfte sie in ihre Stiefel. Gut, wenn er sie nicht bezahlte, dann würde sie das eben tun. Magdalene schnappte sich eine besonders hübsche Taschenuhr und verließ die Wohnung, indem sie leise die Tür hinter sich zumachte.

Sollte Herr Stöver sie ruhig anzeigen, dann würde sie im Gegenzug der Polizei erzählen, wofür dieser Fiesling minderjährigen Mädchen fünfzig Mark Stundenlohn anbot.

Wetten, dass Herr Stöver anschließend den Rest seines Lebens hinter Gittern verbringen würde? Irgendwie keine gerechte Strafe, dachte Magdalene. Denn besonders lange würde Herrn Stövers Leben bestimmt nicht mehr dauern.

8. Kapitel

Was sollte das denn Wichtiges sein, was Jasmin und Nicole zu bequatschen hatten? Hielten die Laura etwa für komplett bescheuert? Kein Mensch geht ins Kino, um da etwas zu besprechen. Die beiden hätten sich wirklich eine bessere Ausrede einfallen lassen können.

Schlecht gelaunt warf sich Laura aufs Bett. Und jetzt? Sonntagnachmittags gab's nur Fernsehprogramm zum Abgewöhnen. Alle Geschäfte hatten geschlossen. Und Bücher – nein, das war nichts für sie.

Vielleicht sollte sie mal ihre Freunde anrufen und ein bisschen quatschen. Aber damit konnte Laura höchstens fünf Minuten totschlagen. In ihrer Klasse war sie nicht gerade sonderlich beliebt. Lag sicher daran, dass sie zu ehrlich war. Sie sollte damit aufhören, jedem Deppen zu sagen, dass er einer war.

Laura langweilte sich zu Tode. Vielleicht sollte sie sich ein Hobby zulegen. Malen oder Klavier spielen oder Briefmarken sammeln. Sie gähnte und wälzte sich auf dem Bett herum.

Natürlich konnte sie auch für die Mathearbeit am Dienstag lernen. Oder vielleicht doch lieber noch 'ne Runde schlafen?

Die Badezimmertür fiel laut ins Schloss. Magdalene! Natürlich, die war ja auch noch hier. Laura konnte doch mit ihr was unternehmen.

Sie marschierte in Magdalenes Zimmer. Die saß auf ihrem Bett und kämmte ihr Haar. Laura verdrehte die Augen. Die ganze Wohnung war schon gepflastert mit diesen langen, roten Locken. Sie waren überall. Amigo verlor nicht halb so viele Haare wie Magdalene. Ob ihr auch ein Winterfell wuchs? Laura bekam nur ihren üblichen Winterspeck. Aber den hatte sie auch im August schon gehabt.

„Na?", machte Laura sich bemerkbar.

Magdalene sah auf.

„Hey, wolltest du nicht mit Nicole und Jasmin ins Kino gehen?", erkundigte sie sich verwundert.

Laura zog eine Schnute. „Ich wollte schon. Aber *die* nicht. Jasmin will mich überhaupt nicht mehr dabeihaben, seit Nicole da ist."

Eigentlich hatte Laura nicht vorgehabt, sich bei Magdalene darüber zu beschweren. Aber ihr Frust war stärker.

„Ich frage mich, ob die zwei verliebt sind", fügte sie grimmig hinzu.

Zu ihrer Überraschung nickte Magdalene verständnisvoll.

„Mir geht dieses Getue auch auf die Nerven", stimmte sie Laura zu. „Außerdem macht Jasmin praktisch nur noch, was Nicole ihr sagt. Ich wünschte, Nicole würde mir den Trick verraten, wie man andere rumkommandieren kann. Dann würde ich ihn auf Amigo anwenden."

Laura lachte. „Bei intelligenten Lebewesen funktioniert das bestimmt nicht so gut."

„Nicole haut ja bald wieder ab", versuchte Magdalene Laura zu beruhigen. „Obwohl es Jasmin bestimmt lieber wäre, dass Nicole hier bleibt und ich abhaue."

Nanu?, wunderte sich Laura. War sie etwa nicht die Einzige hier, die ein Problem mit Nicoles Besuch hatte? Anscheinend bereitete das Magdalene noch mehr Kopfzerbrechen als ihr. Na super! Eigentlich war es Laura, die hier getröstet werden wollte.

Magdalene hatte inzwischen die Bürste weggelegt und flocht ihr Haar zu einem Zopf. Laura beobachtete sie dabei. Wie konnte man sich nur so ausgiebig mit seiner Frisur beschäftigen? Einmal kämmen am Tag, das war alles, was Laura mit ihren Haaren veranstaltete.

Als Magdalene fertig war, setzte sie ihre neue Mütze auf. Neidisch musste sich Laura eingestehen, dass Magdalene sogar mit dieser lächerlichen roten Bommelmütze sehr gut aussah. Wenn Laura mal auf die Idee gekommen wäre, so was zu tragen, hätten sich wahrscheinlich ganze Horden kleiner Kinder an ihre Fersen geheftet, um ihr Weihnachtswünsche anzuvertrauen.

„Wohin gehst du?", erkundigte sie sich bei Magdalene.

Die schlüpfte gerade in ihre Handschuhe und wickelte sich bis zur Nasenspitze in einen roten Schal.

„Mpfh vstlle gesp", erklärte sie hinter dem Schal.

„Hä?" Laura hatte kein Wort verstanden.

Magdalene zog den Schal runter. „Ich gehe zu einem Vorstellungsgespräch. Im Café Mitte suchen sie für die Vorweihnachtszeit eine Kellnerin."

Na toll, dann war gar keiner mehr da, und sie würde den Sonntag zusammen mit Amigo verbringen. Und selbst der sah aus, als würde er lieber mit der Pudeldame von gegenüber ein paar kleine Mischlinge zeugen. Zumindest scharrte er seit zehn Minuten an der Wohnungstür. Das machte er sonst nur von außen, um möglichst schnell wieder zu seinem Platz an der Heizung zurückzukommen.

Laura hatte absolut keine Lust, den Abend allein in der Wohnung rumzuhängen.

„Kannst du mich nicht mitnehmen?", bettelte sie.

Magdalene schüttelte energisch den Kopf. „Wie sieht denn das aus, wenn ich Verstärkung mitbringe? Als ob ich nicht mal das Vorstellungsgespräch allein auf die Reihe kriege. Toller erster Eindruck!"

Mit diesen Worten ging sie zur Tür und schob Amigo mit dem Fuß zur Seite.

„Und wann bist du wieder da?", wollte Laura wissen.

„Wenn ich die Tür aufgesperrt habe und reingekommen bin", antwortete Magdalene und verschwand aus der Wohnung.

Laura zog eine Schnute. „Ach, Amigo", seufzte sie. „Keiner will was mit mir unternehmen, keiner redet mit mir, keiner interessiert sich für mich. Verstehst du das?"

Amigo verkroch sich mit eingezogenem Schwanz ins Wohnzimmer.

Scheiße! Nicht mal der blöde Hund wollte ihr zuhören.

Niedergeschlagen folgte sie ihm, ließ sich auf die Couch fallen und griff nach der Fernbedienung. Werbung auf allen Sendern. Meistens irgendwelche Geschenkideen. Eine kleine Plastiktanne, die zu Michael Jacksons größten Hits die Nadeln schwang. Sie würde sich über so ein Geschenk freuen. Aber wer sollte es ihr schenken?

Es klingelte an der Haustür. Sofort sprang Laura auf. Vielleicht hatte Magdalene es sich ja anders überlegt und nahm sie doch mit ins Café Mitte.

„Ja? Wer ist denn da?", fragte sie in die Sprechanlage.

„Marco. Bist du's, Laura?"

Marco? Was wollte der denn hier? Seit dem Kuss vor drei Tagen hatte sie nichts mehr von ihm gehört. Ob er mit ihr darüber reden wollte? Komisch, sonst hatte Laura immer Herzklopfen gehabt, wenn Marco plötzlich vor der Tür gestanden hatte. Genau genommen hatte sie sogar schon Tage vorher Herzklopfen gehabt, wenn er mal vorbeischauen wollte. Doch seit dem Kuss war das anders. Plötzlich war Marco ihr vollkommen egal.

„Ja, ich bin's!", rief sie in die Sprechanlage und drückte auf den Summer.

Kurz darauf trommelten Marcos Fäuste gegen die Wohnungstür. Laura riss sie genervt auf.

„Was willst du?", bellte sie den Besucher an.

Marco zuckte zurück. Nein, den Ton kannte er von Laura nicht. Eher von Jasmin. Er versuchte es mit seinem Hey-bin-ich-nicht-unwiderstehlich-Grinsen. Als er merkte, dass das nicht zog, meinte er kleinlaut: „Ich wollte nur mal fragen, wie's dir so geht."

Laura musste grinsen. Na bitte: Marco konnte also doch höflich und nett sein, wenn es sein musste.

„Mir geht's gut", sagte sie.

„Freut mich. Darf ich reinkommen?"

Ohne die Antwort abzuwarten, machte Marco zwei Schritte in den Flur und schloss die Tür hinter sich.

„Aber wenn du nichts zu erzählen hast, das interessanter klingt als die Weihnachtsgeschichte, kannst du gleich wieder abhauen, kapiert?"

Marco konnte nicht verbergen, dass er baff war. So hatte Laura noch nie mit ihm geredet.

Sie drehte ihm den Rücken zu und ging wieder ins Wohnzimmer. Zögernd folgte er ihr, setzte sich aber nicht neben sie aufs Sofa, sondern in den Sessel am Fenster.

Auf dem Bildschirm kämpfte sich soeben ein Mann im Anzug und mit Aktenkoffer unterm Arm durch den Dschungel. Vor jedem Geräusch zuckte er zusammen und schaute sich ängstlich nach allen Seiten um.

Musste sich Marco in der WG inzwischen nicht so ähnlich fühlen wie der Bürohengst im Urwald, umzingelt von feindlichen Wesen? Nicole wollte nichts mehr mit ihm zu tun haben. Jasmin hasste ihn, weil er dafür verantwortlich war, dass Nicole aus der WG geflogen war. Magdalene machte sich nicht einmal die Mühe, ihn zu ignorieren, und Amigo pinkelte ab und zu auf seine Schuhe.

Bisher hatte Marco sich wenigstens darauf verlassen können, dass Laura ihn gerne um sich hatte. Doch das konnte er jetzt auch vergessen. Wahrscheinlich würde er sich nie mehr hier blicken lassen. Dann hätte die WG ein Problem weniger.

„Wie geht's Nicole denn so?", fragte Marco plötzlich, ohne die Augen vom Fernseher zu wenden.

Klar, nur ihretwegen war er hier! Seine große Liebe hatte er nicht vergessen. Das heißt: Er hatte sie nur so lange vergessen, bis sie wieder in der Stadt aufgetaucht war.

„Gut", antwortete Laura.

Schweigen. Beide starrten auf den Bildschirm. Dort war der Typ auf eine Riesenameise gestoßen, die er gerade mit seinem Aktenkoffer erschlug.

„Wissen Lilli und Felipe eigentlich, dass Nicole hier ist?", erkundigte sich Marco so nebenbei, als würde er nach der Farbe von Lauras Lieblingspullover fragen.

Laura warf ihm einen finsteren Blick zu. Wollte der Blödmann sie etwa erpressen? „Natürlich wissen die beiden Bescheid", log sie. „Oder glaubst du, sie ist aus dem Heim abgehauen und wir verstecken sie hier?"

Marcos Lachen klang nicht ganz echt. „Dann ist sie also nur zu Besuch hier?"

War das ein Verhör? Laura angelte sich die Fernbedienung, schaltete um zu MTV und drehte die Lautstärke so weit auf, dass sich das Wohnzimmer in eine Disko verwandelt hätte, wenn jemand das Licht im Sekundentakt an- und ausgeknipst hätte.

Ungefähr drei Minuten blieb Marco noch auf seinem Sessel hocken und ließ sich die Techno-Hämmer um die Ohren hauen. Dann schnellte er in die Höhe, brüllte irgendwas und verschwand aus der Wohnung.

Nein, Laura drehte die Musik nicht leiser. Wozu? Es gab ja sowieso niemanden, der mit ihr reden wollte. Außer Amigo vielleicht. Immerhin knurrte der sie nicht ganz so unfreundlich an wie die anderen WG-Mitglieder ...

9. Kapitel

Jasmin fand die ganze Aufregung ziemlich übertrieben. Scott sah nur so aus wie Brad Pitt. Aber er war es nicht. Kein bisschen! Trotzdem veranstalteten fast alle Mädchen an ihrer Schule einen Kicherwettbewerb, sobald der schöne Scott irgendwo auftauchte. Er wurde bestaunt wie das achte Weltwunder. Ihm selbst schien das nicht besonders peinlich zu sein, sonst hätte er sich ins Klo eingeschlossen und wäre erst beim nächsten Gong wieder rausgekommen.

Mit säuerlicher Miene lehnte Jasmin neben Magdalene an der Turnhallenmauer. Die beiden zogen es vor, diesen ganzen Zirkus nur aus der Ferne zu beobachten, obwohl Scott immer wieder zu ihnen rüberschaute.

Unglaublich! Die taten ja alle so, als würden hier Eintrittskarten für das nächste Madonna-Konzert verlost. Dabei war das Einzige, was es hier zu sehen gab, ein 17-jähriger Junge an seinem ersten Schultag.

Scott schlenderte lässig über den Schulhof, die Hände in den Jeans vergraben. Dass er von einer ganzen Schar schnatternder Mädels umkreist wurde, die fast über ihre eigenen Füße stolperten, weil sie nur ihn anstarrten, fiel ihm scheinbar gar nicht auf.

Vermutlich tut er nur so, dachte Jasmin. Wäre ja uncool, wenn er sich was anmerken ließe.

Freunde hatte er wohl noch keine gefunden. Kein Wunder, dachte sie. Wenn sie ein Junge wäre, würde es ihr auch nicht gefallen, plötzlich mit Scott konkurrieren zu müssen. Die wünschten ihm bestimmt die Pest an den Hals – oder zumindest ein paar Pickel ins Gesicht.

Aber die sollten sich trösten, die anderen Jungs! Sie würden schon noch früh genug merken, dass Scott eigentlich strohdumm war. Vor ein paar Tagen noch war er beinah geschockt in Ohnmacht gefallen, weil er gedacht hatte, Jasmin wolle ihn ausrauben.

„Sieh dir diese Gänse an!", zischte Magdalene ihr ins Ohr. „Warum stellen sie sich nicht gleich auf Scotts Füße und schlecken ihm das Gesicht? Heißt er eigentlich wirklich Scott?"

„Würde Eberhard oder Wolfgang denn besser zu ihm passen?"

Die beiden lachten drauflos – und hörten plötzlich wie auf Kommando gleichzeitig wieder auf. Denn Scott kam überraschenderweise auf sie zumarschiert, verfolgt von seinem Fanclub.

Als er vor den beiden Mädchen Halt machte, wäre Jasmin am liebsten im Boden versunken. Mein Gott, wie feindselig die anderen sie und Magdalene anstarrten! Als hätte Scott ihnen gerade einen Heiratsantrag gemacht.

„Na, wie geht's denn so?", fragte er Jasmin, während er unruhig mit den Füßen im Schnee scharrte. „Hab leider schon wieder keine Kohle dabei. Werde ich jetzt erwürgt?"

Jasmin spürte, dass sie knallrot angelaufen war. Da hatte sie monatelang erfolgreich vermieden, das Interesse der anderen Schüler auf sich zu ziehen – und jetzt das! Sie wurde angeglotzt wie noch nie in ihrem ganzen Leben! In einigen Augen entdeckte sie nur Neugier, aber in den meisten war die reine Mordlust zu lesen.

Jasmin riss sich zusammen und brachte ein Lächeln zu Stande, das mindestens noch zehn Grad kühler war als die Temperatur an diesem eisigen Vormittag.

Dann zeigte sie auf Magdalene. „Das ist übrigens die Mörderin aus unserer WG", stellte sie vor.

Magdalene runzelte die Stirn und sah erst Jasmin und dann Scott an. Der grinste schüchtern.

„War ziemlich blöd von mir, dir diesen ganzen Scheiß zu glauben", murmelte er und versuchte, Jasmin in die Augen zu schauen. Immerhin schaffte er es bis zu ihrer Nasenspitze. „Aber du warst sehr überzeugend. An deiner Stelle würde ich's mal in Hollywood probieren."

„In deiner alten Heimat, Brad?"

Das hatte Magdalene gesagt. Scott winkte ab. „Den Quatsch muss ich mir schon seit der siebten Klasse anhören."

In diesem Moment tauchten drei Typen in Scotts Alter auf. Sie machten Gesichter, als wären sie Soldaten auf dem Weg zur entscheidenden Schlacht. Ihren Gegner hatten sie soeben gefunden: Scott. Doch der kümmerte sich kein bisschen um sie, wie Jasmin verwirrt feststellen musste.

70

Seelenruhig fragte er Magdalene über ein paar Lehrer aus, als ein Typ namens Paul auf ihn zukam. Jasmin kannte den Fettsack nicht nur vom Sehen, sondern sie hatte sein Gewicht auch schon zu spüren bekommen. Er war ihr mal auf die Füße getreten, und zwar nicht ganz so unabsichtlich, wie er es hinterher darzustellen versuchte. Noch zwei Wochen später hatten Jasmin die Zehen wehgetan.

Ehe Jasmin Scott warnen konnte, hatte ihn der Dicke schon so fest angerempelt, dass Scott gegen Magdalene stolperte.

„Entschuldige", sagte er verblüfft zu ihr. Dann sah er Paul und meinte: „Schon gut!"

„Hä? Was ist gut?", knurrte Paul drohend.

Scott zuckte die Schultern. „Ich dachte, du wolltest dich sicher entschuldigen, weil du mich angerempelt hast, also sagte ich ‚Schon gut'. Übrigens, war nicht so schlimm. Ich bin angenehm gelandet."

Jasmin war verblüfft. Der Kerl war ja echt schlagfertig. Zumindest mit Worten. Nur würde ihm das bei Paul nicht viel helfen. Da musste man meistens auch die Fäuste einsetzen.

„Ich wollte mich nicht entschuldigen!", brummte Paul und machte einen Schritt auf Scott zu.

„Alles klar!", erwiderte Scott schnell. „Kein Problem!"

„Ich hab kein Problem, du blöde Schwuchtel!", brüllte Paul. Seine zwei Freunde lachten – ansonsten war es ungewöhnlich still auf dem Schulhof, denn es hatte gerade eben gegongt, und fast alle Schüler waren schon reingegangen.

„Sag mal, willst du dich mit mir anlegen?", fragte Paul jetzt gefährlich leise.

„Nein, natürlich nicht", entgegnete Scott höflich.

Als hätte er gerade einen Boxkampf gegen den amtierenden Weltmeister im Nilpferdgewicht gewonnen, grinste Paul triumphierend seine Kumpels an. Dann drehte er sich um und spazierte ins Gebäude, begleitet von seinem gackernden Gefolge.

„Sind die hier alle so?", erkundigte sich Scott bei Jasmin und zeigte auf die drei von der Zankstelle.

„Nein", antwortete Jasmin. „Einige haben Hirn und benutzen ein Deo."

Scott lachte. „Ich muss jetzt rein. Ciao!"

Er winkte den beiden Mädchen zu und verschwand. Sie schauten ihm hinterher, bis nichts mehr von ihm zu sehen war.

„Eigentlich ganz nett, der Typ!", murmelte Jasmin.

„Findest du? Er hat sich beschimpfen lassen, ohne sich dagegen zu wehren."

„Na und?"

Magdalene zuckte die Schultern. „Ich mein ja nur. An seiner Stelle hätte ich sofort zugeschlagen."

„Und Paul hätte zurückgeschlagen. Und Scott hätte wieder zurückgeschlagen. Und wozu das alles?"

„Manchmal ist eine Prügelei gar nicht das Schlechteste", sagte Magdalene und setzte sich in Bewegung.

„Super!", rief Jasmin kopfschüttelnd. „Das war genau der richtige Spruch für deinen Grabstein."

lo. Kapitel

Was war das für ein Geräusch? Nicole hörte auf zu kauen und spitzte die Ohren. Dabei warf sie einen Blick auf die Küchenuhr. Zehn vor elf. Jasmin, Magdalene und Laura waren in der Schule und würden dort noch mindestens zwei Stunden bleiben, wie Nicole vorhin auf den Stundenplänen gelesen hatte.

Wer war da eben in die Wohnung gekommen? Jemand hatte gerade die Tür aufgeschlossen. Jetzt hörte Nicole das laute Klappern von Stöckelschuhen und ein Männerlachen.

„Wo ist das Problem?", tönte Felipes Stimme aus dem Flur. „Du hast doch sonst nie Probleme gehabt, das Haushaltsgeld einfach auf den Tisch zu legen."

Nicole bekam eine Gänsehaut. Wenn die beiden sie entdeckten, konnte sie Kanada abhaken. Dann war nämlich wieder Münster angesagt!

Blitzschnell verschwand sie in Magdalenes Zimmer. Sollte sie Felipe oder Lilli näher kommen hören, würde sie im Kleiderschrank verschwinden. Im Moment waren die beiden im Wohnzimmer. Weil die Tür nicht geschlossen war, konnte Nicole jedes Wort verstehen. Es ging um das Geld, das der WG jeden Montag ausgezahlt wurde. Die drei Mädchen hatten eine bestimmte Summe, die sie für Lebensmittel, Kosmetik und Kleinigkeiten ausgeben durften. Reichte es nicht, mussten sie selbst zusehen, dass sie besser haushalteten.

„In der letzten Woche haben die drei viel mehr verbraucht als sonst", sagte Lilli.

„Das war ja wohl zu erwarten", antwortete Felipe. „Denk doch mal an die Weihnachtsmärkte! Ich kann auch nicht an den ganzen Buden vorbeigehen, ohne mir irgendwas – aua, mein Rücken!", stöhnte Felipe plötzlich. „Dieses Sofa ist so bequem wie eine Folterbank!"

„Was ist denn mit deinem Rücken?", erkundigte sich Lilli mitfühlend.

„Ich hab Squash gespielt. Nach Ewigkeiten mal wieder."

„Seit wann spielst du Squash?" Lillis Stimme klang höchst erstaunt.

„Seit ich eine Freundin habe, die gerne Squash spielt."

„Aha. Du möchtest also teilhaben an den Dingen, die ihr wichtig sind", stellte Lilli in dem übertrieben verständnisvollen Ton fest, den Nicole so sehr an ihr hasste. Selbst jemand, der Lilli nicht kannte, hätte nach diesem Satz erraten, dass sie Sozialpädagogin war.

„Was heißt teilhaben?" Felipe lachte. „Es ist eher so 'ne Art Erpressung von ihr. Wenn ich nicht mit ihr Squash spiele, dann spielt sie mit mir auch nicht was anderes."

Ganz leise äffte Nicole dieses Lachen nach. Kein Zweifel: Felipe war immer noch so eingebildet wie früher! Schade, dass Jasmin ihn jetzt nicht hören konnte. Dann wäre sie vielleicht von ihrer Schwärmerei für ihn auf immer und ewig geheilt.

„Was ist aus deiner letzten Freundin geworden?", fragte Lilli. „Ich meine die, mit der du mal Bergsteigen warst."

„Jessica? Die hat schon längst einen anderen", meinte Felipe. „Außerdem interessiere ich mich nicht für Berge. Es sei denn, sie stecken in einem aufregenden BH."

Nicole unterdrückte ein Stöhnen. Wenn Felipes Auto nur halb so groß wäre wie sein Ego, würde er nie einen Parkplatz finden.

„Aber eigentlich war diese Jessica ganz nett", fuhr Felipe fort. „Nicht so nett wie Christiane, Vanessa und Marlene, aber viel netter als Caroline, Jutta oder Lisa."

„Mein Gott!", stöhnte Lilli. „Blickst du überhaupt noch durch bei deinen ganzen Exfreundinnen?"

„Tja, das wird immer schwerer", gab Felipe zu. „Ich bin echt umzingelt von Mädels, die was von mir wollen. Sogar hier in der WG. Ist dir noch nie aufgefallen, wie Jasmin mich anhimmelt?"

Lilli sagte kein Wort dazu.

„Ich behaupte ja nicht, dass mich das stört", meinte Felipe weiter. „Manchmal ist es sogar sehr amüsant. Ich komme mir dann so vor wie ein Typ aus einer Boygroup."

„Findest du das in Ordnung, dich über ihre Schwärmerei auch noch lustig zu machen?"

Lilli klang so gekränkt, als hätte Felipe seine Scherze auf ihre und nicht auf Jasmins Kosten gemacht. Nicole wusste genau, warum sie so reagierte. Für sie stand fest, dass Lilli in den um einige Jahre jüngeren Felipe total verknallt war. Aus Angst, bei Felipe abzublitzen, hielt sie ihre Gefühle für ihn geheim. Und daran würde sich in den nächsten hundert Jahren garantiert nichts ändern, dachte Nicole.

„Ich mache mich nicht lustig", versuchte sich Felipe zu verteidigen. „Sie ist doch noch ein Kind. Irgendwie ist es richtig süß, wie sie mich anschmachtet."

„Süß?" Lilli war sauer – stinksauer! „Es wäre sehr viel besser, wenn du ihr begreiflich machen würdest, dass sie keine Chance bei dir hat."

„Ja, ja!" Felipe klang gelangweilt. „Ich hab im Studium genau die gleichen Psycho-Bücher gelesen, meine Liebe! Allerdings hab ich sie nicht auswendig gelernt, um meine Kollegen damit zu nerven."

Lilli schwieg wieder. Nicole konnte sich vorstellen, wie sie mit übereinander geschlagenen Beinen im Sessel saß, nervös an ihrem Rocksaum zupfte und dabei an ihrer Unterlippe knabberte.

Plötzlich erstarrte Nicole. Da kratzte was an der Tür. Eine Sekunde später war ein Winseln zu hören. Und dann ein Bellen.

Amigo!

„Was ist denn mit dem Hund los?", hörte sie Felipe rufen. „Ob sich dieser Marco mal wieder hier versteckt hat?"

„Quatsch! Keins von den Mädchen will noch was mit ihm zu tun haben."

„Du hast Recht, aber ich schau trotzdem nach."

Voller Panik stürzte Nicole zum Kleiderschrank, riss ihn auf, kletterte hinein und zog die Türen schnell hinter sich zu. Es war stockdunkel und roch nach Magdalenes Parfüm.

Da hörte sie auch schon ein Hecheln. Von Felipe konnte es nicht stammen, weil außer Lilli keine Frau in der Nähe war. Also musste es Amigo sein. Und schon fing er auch wieder an zu bellen.

„Ruhe!", befahl Felipe.

Amigo gehorchte, kratzte dafür aber mit den Vorderpfoten an den Schranktüren herum.

„Was hast du denn, Dicker?", fragte Felipe.

Was sollte Amigo darauf antworten? Der Trottel konnte nicht mal richtig fressen! Vom Reden ganz zu schweigen ...

„Ist er etwa krank?"

Das war Lillis Stimme, die nun also auch im Zimmer war.

„Sieh dir das an!", sagte Felipe. „Amigo hockt vor dem Schrank, als würde er ihn anbeten."

„Na, so ähnlich hocken ja auch alle Frauen vor dir, stimmt's?", meinte Lilli giftig.

„Nicht alle."

„Sondern nur die in Europa. Hör zu, Casanova, ich muss mal schnell zum Optiker, meine neue Brille abholen. Bleibst du so lange hier?"

„Geht nicht", sagte Felipe. „Ich treff mich gleich mit ... also mit ... äh – Scheiße, ich hab ihren Namen vergessen!"

„Du kannst ja darüber nachdenken, während ich weg bin. Ciao!" Lilli stöckelte hinaus. Sekunden später fiel die Wohnungstür ins Schloss.

„Weißt du was, Amigo?", knurrte Felipe. „Frauen sind echt schwierig! Lass lieber die Pfoten davon, kapiert? Sollte dir jemals 'ne tolle Hundedame über den Weg laufen, dann klemm deinen Schwanz ein und hau ab! So, und ich bin jetzt auch weg. Tschüss!"

Nicole lauschte gespannt, konnte jedoch nicht hören, wie die Wohnungstür ins Schloss fiel.

Sie schob die Pullover und Hosen, die ihren Kopf umgaben, etwas zur Seite und lehnte sich zurück. Eigentlich war es ganz bequem hier im Schrank und vor allem schön warm. Nicole gähnte. Sie dachte an das Indianerzelt in ihrem Kinderzimmer, das sie mal zu Weihnachten geschenkt bekommen hatte. Damals war sie sieben gewesen. Oder vielleicht sechs.

Nicole musste wieder gähnen. Dann rollte sie sich ganz auf dem Boden zusammen. Das hatte sie im Indianerzelt auch immer gemacht. Ganze Tage und Nächte war sie nicht herausgekommen, so wohl hatte sie sich darin gefühlt.

„Aaaaaah!"

Ein grauenvoller Schrei gellte in Nicoles Ohren. Sie riss die Augen auf.

Magdalene stand vor ihr, zu Tode erschrocken, und starrte sie an. „Was machst du denn in meinem Schrank?"

77

„Schlafen", antwortete Nicole und fing an zu lachen. „Ich bin tatsächlich hier eingepennt! Nicht zu fassen!"

Kichernd kroch sie heraus und stand auf. Dabei stieß sie ebenfalls einen Schrei aus – vor Schmerz. Jeder einzelne Knochen tat ihr weh.

Jasmin und Laura kamen in Magdalenes Zimmer gestürmt.

„Was ist denn das für ein Geschrei?", wunderte sich Laura. „Dreht ihr gerade einen Horrorfilm? Dann lasst mich den Vampir spielen. Ach nee, dann muss ich ja Blut saufen! Da sind bestimmt zu viele Kalorien drin."

Nicole erklärte ausführlich, warum sie sich im Kleiderschrank versteckt hatte.

„Was?" Laura machte ein überraschtes Gesicht. „Amigo wollte Felipe und Lilli auf dich aufmerksam machen? Dann ist er ja ein richtig toller Wachhund! Eigentlich hätte er eine kleine Belohnung verdient."

„Stimmt!", sagte Nicole grimmig. „Und zwar einen Tritt in den Hintern!"

11. Kapitel

Magdalene konnte den erlösenden Gong kaum noch erwarten. Frau Kendrich, ihre Biologielehrerin, hielt den langweiligsten Unterricht der ganzen Schule. Warum war sie nicht Tierärztin geworden? Sie hätte ihre vierbeinigen Patienten allein mit ihrem öden Gequatsche einschläfern können.

Unglaublich, wie spannend Frau Kendrich von der menschlichen Fortpflanzung erzählte! Magdalene fragte sich ernsthaft, ob es sich überhaupt lohnte, jemals Sex zu haben. Wie es sich bei Frau Kendrich anhörte, war Sex ungefähr so aufregend wie ein Einkauf im Aldi.

Der Sekundenzeiger auf ihrer Armbanduhr zog elend langsam seine Runden. Magdalene schaute Jasmin an, die mit ihren Gedanken ganz woanders war. Sie stierte hinaus in den Schnee, der in eintönigen Flocken vom Himmel fiel.

Auch die anderen in der Klasse hatten zwar die Augen geöffnet, so richtig wach sahen sie allerdings alle nicht aus.

Als es endlich gongte, ertönte ein erleichtertes Seufzen aus achtundzwanzig Kehlen. Alle standen auf und taumelten so müde aus dem Klassenzimmer, als wären sie gerade erst aus dem Bett gefallen.

„Neuer Rekord!", brummte Karin auf dem Flur.

„Was meinst du?", fragte Jasmin.

„Die Kendrich hat in fünfzig Minuten achtundsiebzigmal ‚äh' gesagt."

„Du hast ihr zugehört?", wunderte sich Magdalene. „Streberin!"

„Echt toller Tag heute!", maulte Jasmin gelangweilt. „Erst Mathe beim Dicken, Chemie bei der Fröhlich und dann der krönende Abschluss: die Zellteilungsphasen mit der Kendrich."

„Zellteilung?", fragte Tim hinter ihr neugierig. „So was Interessantes habe ich verpasst?"

„Idiot!", sagte Magdalene. „Du warst doch selbst dabei!"

„Echt?" Tim grinste. „Aber nur körperlich. Im Kopf hab ich mich mit den angenehmeren Seiten der Fortpflanzung beschäftigt. Wer braucht hier eigentlich einen tollen Lover, der niemals schlappmacht und alle Techniken draufhat?"

„Vielleicht unser Hausmeister", sagte Jasmin, worauf die Mädchen zu lachen begannen und Tim beleidigt abzog.

Karin sah ihm hinterher. „Oh Mann, ist der dämlich! Aber zum Glück sieht er auch beschissen aus. Das passt wenigstens zusammen."

Inzwischen waren sie auf dem Schulhof angekommen. Karin ließ noch mehr witzige Sprüche vom Stapel, Magdalene konnte nicht mehr vor Lachen. Eigentlich mochte sie Karin doch ganz gern. Und die sie offenbar auch, obwohl Magdalene ihr an ihrem ersten Schultag eine verpasst hatte. Dass Karin mit keiner Anspielung mehr daran erinnerte, machte sie Magdalene besonders sympathisch.

„Was treibt ihr denn heute noch so?", fragte Karin die beiden Mädchen.

„Lernen, was sonst?", antwortete Jasmin. „Morgen muss ich ein Referat in Geschichte halten."

Karin nickte und wandte sich an Magdalene. „Und du?"

„Totschlag."

„Hä?"

„Ich schlag die Zeit tot", erklärte Magdalene grinsend. „Mit Zappen und Musikhören. Es wird also ein richtig aufregender Nachmittag!"

„Dann komm doch mit zu mir", schlug Karin vor. „Wir essen erst was und gucken uns dann ein paar Videos an, okay?"

Was sollte das denn werden? Hielt Karin sie für einen Sozialfall, um den man sich ab und zu mal kümmern musste?

„Nein danke", sagte Magdalene so cool wie möglich. „Keine Lust!"

Karin zuckte die Schultern und steuerte auf die Bushaltestelle zu. „Na, dann eben nicht. Bis morgen!"

„Ciao!", riefen Jasmin und Magdalene im Chor.

Zwanzig Meter weiter fragte Jasmin: „Warum warst du so patzig? Das war doch sehr nett von ihr, dich einzuladen."

„Die kann sich ihre Mitleidstour sparen!", schnaubte Magdalene. „Wahrscheinlich dachte sie, ich fände es super, wenn ich mal wieder 'ne Familie von nahem zu sehen bekäme. Ist ja auch bald Weihnachten, da tun die Leute was für Obdachlose, hungernde Kinder und Jugendliche in Sozial-WGs."

Jasmin seufzte. „Dann kannst du mich später in Geschichte abfragen. Wenn ich das Referat nicht hinkriege, habe ich echt ein Problem."

Dieses Problem hätte Magdalene auch gern gehabt. Für Jasmin war eine Zwei in Geschichte schon eine Katastrophe.

Magdalene drehte sich zu Karin um, die nach dem Bus Ausschau hielt. Sie ärgerte sich darüber, dass sie Karins Einladung so schroff abgelehnt hatte. Ganz schön blöd von ihr, auf einen Video-Nachmittag zu verzichten! Gleich würde sie wieder mit Laura im Wohnzimmer rumhängen und sich mit ihr um die Fernbedienung streiten.

In diesem Moment stoppte Karins Bus an der Haltestelle. Magdalene entschied sich blitzschnell.

„Viel Spaß beim Lernen!", rief sie Jasmin zu und sprintete los. Im letzten Augenblick sprang sie in den Bus und ließ sich auf den freien Platz neben Karin fallen.

„Ich hab's mir anders überlegt", erklärte sie atemlos.

Lächelnd machte Karin ihren Discman aus. „Freut mich. Wird bestimmt lustig. Hier!" Sie zog einen Stöpsel aus ihrem Ohr und reichte ihn Magdalene.

Den Rest der Busfahrt hörten sie Musik und redeten kein Wort. Langsam machte sich Magdalene Sorgen. Was, wenn sie und Karin sich nachher gar nichts zu sagen hatten? Na toll! Das konnte der peinlichste Nachmittag ihres Lebens werden.

81

Fünfzehn Minuten später standen sie vor Karins Haus, einer richtigen Villa mit Vorgarten und goldenem Briefkasten und einem Steinlöwen, der vor der Treppe Wache hielt.

Karin schloss die Tür auf und warf ihren Rucksack in eine Ecke der riesigen Eingangshalle.

„Ich bin da!", brüllte sie.

„Und ich bin nicht taub", erklärte eine elegant gekleidete Frau, die plötzlich auftauchte und Magdalene ungezwungen die Hand hinstreckte. „Guten Tag, ich bin Karins Mutter", sagte sie freundlich.

Das hatte Magdalene auf den ersten Blick erkannt. Sie hatte noch mehr Sommersprossen im Gesicht als ihre Tochter, und ihre Nase war genauso winzig.

Magdalene schüttelte die Hand und stellte sich vor. Karins Mutter lächelte. „Ich hab schon von dir gehört", sagte sie. „Na, habt ihr Hunger? Das Essen ist gleich fertig."

Magdalenes Magen knurrte wie ein junger Bernhardiner.

Karins Mutter grinste. „Fünf Minuten", versprach sie und verschwand in einem der fünftausend Zimmer. Jedenfalls gab es hier mehr Türen als in jedem anderen Haus, das Magdalene kannte.

„Warum machst du so ein Gesicht?", wunderte sich Karin.

„Ist deine Mutter etwa in die Küche gegangen?", fragte Magdalene.

„Ja. Und?"

„Na ja, irgendwie ist sie nicht zum Kochen angezogen, sondern eher so, als wäre sie auf eine Party eingeladen."

Karin musste kichern. „Warum sollte sie in irgendwelchen Schmuddelfetzen rumlaufen, nur weil sie mit Kartoffelschälen beschäftigt ist? Meine Mutter hasst übrigens Kochen, obwohl sie es sehr gut kann. Soll ich dir jetzt mein Zimmer zeigen?"

Magdalene nickte.

Sie gingen hinauf in den ersten Stock. Dort gab es noch mehr Türen als unten.

Richtig geschockt war Magdalene aber erst, als sie Karins Zimmer betrat. Sie spürte einen Stich in der Magengegend, der nichts mit ihrem Kohldampf zu tun hatte. War das nicht haargenau ihr eigener Stil? In so einem Zimmer hatte sie öfter gewohnt, allerdings nur in ihren Träumen.

Ein riesiges Himmelbett mit weißen Vorhängen stand neben dem Fenster. Direkt gegenüber vom Fernseher mit Videorekorder und DVD-Player. Das heißt, Magdalene glaubte, dass es ein Fernseher war. Sie hatte noch nie einen in der Größe gesehen. Wie hatte man den hier reingekriegt? Mit dem Kran durchs Fenster?

Auf dem Schreibtisch stand ein nagelneuer PC mit Flachbildmonitor und allen möglichen Extras.

„Ganz nett, eure Hütte", sagte Magdalene lahm.

Karin breitete die Arme aus. „Hält den Regen ab", murmelte sie. Es sollte ein Scherz sein, klang aber beinahe entschuldigend.

Magdalene hatte keine Ahnung gehabt, dass Karins Eltern so reich waren. Jasmin oder Karin selbst hatten nie was davon erzählt.

„Hast du auch CDs?", fragte Magdalene.

Leicht verlegen ging Karin auf einen Schrank zu und machte ihn auf.

„Ach du Scheiße!", rief Magdalene aus. „Handelst du mit den Dingern?"

Sie hatte schon mal so viele CDs auf einem Haufen gesehen – beim Media-Markt. Unglaublich! Wenn Karin die wirklich alle durchhören wollte, hätte sie in den nächsten dreißig Jahren genug zu tun.

„Kommt ihr bitte zum Essen?", rief Karins Mutter von unten.

Fast erleichtert sprang Karin auf und ging voran ins Esszimmer, das sich im Erdgeschoss befand. Wow! Magdalene kam aus dem Staunen nicht heraus. Was war das für ein Haus! Überall Designermöbel in allen Farben und Formen und total verrückte Bilder an den Wänden.

Magdalene begrüßte Karins Vater, der an einem sechseckigen Glastisch saß. Er war schlank und so braun gebrannt, als würde er auf der Sonnenbank schlafen. Dass er irgendwie erfolgreich aussah, lag sicher nur an dem Haus. In so einer Umgebung hätte selbst der letzte Penner wie ein Topmanager gewirkt.

Während des Essens hätte sich Magdalene ein paar Mal gern vor Erstaunen die Augen gerieben. Das, was sie gerade erlebte, gab es doch nur im Fernsehen. Vor allem in amerikanischen Soaps und in Werbespots für Margarine und Luxusautos. Eine glückliche, reiche, schöne Familie; intelligent, höflich und nett zueinander. Magdalene war überzeugt, dass die heile Welt, in die sie plötzlich geraten war, garantiert irgendwo unsichtbare Risse hatte.

Wie viele Liftings hatten Karins Eltern zum Beispiel schon über sich ergehen lassen, um dieses makellose Aussehen zur Schau zu tragen? War das Grübchen am Kinn ihrer Mutter vielleicht schon der Bauchnabel?

Und zeigten sie diese perfekte Fassade nur, wenn Besuch da war? Verbarg der seidene, schwarze Rolli von Karins Mutter etwa die Blutergüsse und Striemen, die ihr Mann ihr verpasst hatte? Versteckten ihre offenen Haare ein halb abgebissenes Ohr? Waren die CDs in Karins Zimmer vielleicht nur eine Wiedergutmachung für jahrelange Prügel?

Und stammte das Glas Rotwein, das Karins Vater trank,

vielleicht aus der sechsten Flasche, die er heute geöffnet hatte?

Oder war – ein unerträglicher Gedanke für Magdalene – das hier alles echt? Wie oft hatte sie sich eingeredet, dass sie gar nicht so schlecht dran war! Dass es besser war, keine Familie zu haben als eine beschissene. Mit Genuss hatte sie in Frauenzeitschriften die Statistiken gelesen: Jedes fünfte Kind in Deutschland wird misshandelt! Oder: Jede dritte Ehe scheitert. Und: Jedes dritte Kind leidet unter Leistungsdruck vonseiten der Eltern!

Dass es so etwas wie das hier überhaupt gab, passte ganz und gar nicht in Magdalenes Konzept.

Währenddessen wurde sie selbst über die WG ausgefragt und über ihre Zukunftspläne. Magdalene war so in ihre Gedanken versunken, dass sie gar nicht daran dachte, irgendetwas zu verbergen.

So ertappte sie sich dabei, wie sie ihren größten Wunsch ausplauderte: Model zu werden und weit wegzuziehen.

„Wohin denn?", erkundigte sich Karins Mutter.

„Na ja, am besten irgendwohin, wo ich als Model bessere Chancen habe", dachte Magdalene laut. So konkret waren ihre Pläne noch nicht.

„Was hältst du denn von Paris?", fragte Karins Mutter plötzlich und zwinkerte dann ihrer Tochter zu.

Die schlug sich mit der flachen Hand auf die Stirn. „Natürlich, Mutti!", rief sie. „Das wäre doch die Idee!" Sie wandte sich an Magdalene: „Unsere Nachbarn hier links nebenan haben mich vorgestern gefragt, ob ich in den Ferien nicht als Aupairmädchen arbeiten will. Freunde von ihnen wohnen in Paris und suchen eins. Falls es gut klappt, wollen sie jemanden für ein Jahr."

Atmen!, ermahnte sich Magdalene. Vergiss jetzt bloß

nicht zu atmen. Das ist alles nur ein Traum, gleich wachst du in deinem Bett auf und ärgerst dich darüber, dass alles nur geträumt war.

„Pa... Paris?", stotterte sie. „Soll das heißen, ich könnte vielleicht –"

„Wir gehen gleich mal rüber", schlug Karin vor. „Dann kannst du ja mit den Leuten reden."

Wie lange dauerte dieses verdammte Essen denn noch? Magdalene futterte so schnell wie ein Hamster, aber die anderen aßen im Schildkrötentempo.

Schließlich war auch der Nachtisch verputzt, Vanillepudding mit frischer Ananas. Karins Mutter stand auf und gab damit offenbar das Zeichen, dass das Mittagessen beendet war.

„Also, los!", sagte Karin und führte Magdalene zurück in den Flur. Nachdem sie sich angezogen hatten, gingen sie hinüber zum Nachbarhaus, das genauso vornehm wirkte wie das von Karins Eltern.

Eine ältere Dame mit weißem Haar öffnete die Tür.

Eine halbe Stunde später verließ Magdalene mit Karin das Haus, auf dem Gesicht ein breites Grinsen und in der Hand ihre Eintrittskarte in ein anderes Leben.

Na ja, eigentlich war es nur ein Zettel mit einer Adresse. Aber diese Adresse gehörte einer Familie in Paris. Und Magdalene brauchte nur Ja zu sagen, und sie konnte bei diesen Leuten als Aupairmädchen anfangen. Zwar erst zwei Wochen auf Probe, aber das würde sie mit links schaffen.

Paris – die Stadt der Mode und der Models. Die Hauptstadt von Magdalenes Traumwelt.

Paris – Magdalenes neue Heimat ...

2. Kapitel

Noch nie in ihrem Leben hatte Laura so viel Geld für ein Kleid ausgegeben. Sie hatte nicht mal gewusst, dass es Kleider für dreihundert Mark gab, die keinen eingebauten Motor oder andere Extras hatten.

Wie es da so auf ihrem Bett ausgebreitet lag, sah es fast aus wie etwas Lebendiges. Als könnte es jeden Augenblick aufstehen und durchs Zimmer tanzen. Die langen Ärmel waren aus durchsichtiger, schwarzer Spitze mit feinen Goldfäden. Eigentlich hätte Laura schon dafür allein die drei Hunderter bezahlt. Liebevoll streichelte sie über den schwarzen Samt des Rockteiles.

Eigentlich gefiel ihr nur eine Kleinigkeit an dem Kleid nicht: die Größe. Es war das einzige gewesen, das es in der kleinen Boutique noch gegeben hatte – in Größe achtunddreißig. Mein Gott, bis Heiligabend musste Laura noch mindestens fünf Kilo abnehmen! Wie sollte sie das bloß schaffen? Mit der Ab-sofort-wird-überhaupt-nichts-mehr-gefuttert-Diät?

Sie hatte nicht einmal gewagt, das Kleid anzuprobieren. Aus Angst, sie könnte es zerreißen mit ihrem Elefantenkörper. In der Boutique behauptete sie, das Kleid wäre für ihre kleine Schwester. Oder hatte sie nicht *kleine* gesagt, sondern *dünne*?

Immer wieder hielt sie es an ihren Oberköper und schaute sich im Spiegel an. Dabei sah sie nicht nur sich und das Kleid. Sie sah sich auch vor einem riesigen Weihnachtsbaum stehen, der förmlich unterging in einem Berg von Geschenken. Er stand vor dem riesigen brennenden Kamin in einem Wohnzimmer. Und dieses Wohnzimmer samt Kamin gehörte einem Mann und einer Frau, die sich schon immer eine Tochter wie sie gewünscht hatten.

Warum sollte sich aber jemand eine sechzehnjährige Tochter wünschen, die Übergewicht hatte und nicht besonders gut in der Schule war? Eine Tochter, die ständig auf Diät und somit schlecht gelaunt war?

Laura würde sich so eine Tochter bestimmt nicht wünschen. Sie war sich auch nicht ganz sicher, ob sie die Leute kennen lernen wollte, denen so was wie sie vorschwebte. Aber die gab es sowieso nirgendwo auf der Welt. Warum sollte sie sich also Gedanken darüber machen?

Behutsam packte Laura das Kleid wieder in den Karton und schob die Schachtel unter ihr Bett. Dabei überlegte sie, ob sie denn wirklich so schlimm war, wie sie selbst dachte. Vielleicht sollte sie einfach mal jemanden um eine ehrliche Meinung bitten.

Aber wer konnte das sein?

Plötzlich fiel ihr jemand ein ...

Anfangs hatte sich Laura mit Magdalene überhaupt nicht verstanden. Inzwischen waren sie gute Freundinnen. Dafür gab es doch sicher einen Grund: Magdalene musste Lauras innere Schönheit erkannt haben, jawohl! Und genau das wollte Laura jetzt mal von ihr selbst hören.

Nur zehn Sekunden später klopfte sie an Magdalenes Zimmertür, machte sie auf und fragte: „Stör ich gerade?"

Magdalene saß am Schreibtisch und schrieb. Sie sah kurz auf und nickte. „Eigentlich schon. Was ist denn?"

„Na ja", begann Laura, schlüpfte ins Zimmer und hockte sich aufs Bett. „Sag mal, was findest du am nettesten an mir?"

Magdalene ließ langsam ihren Stift sinken und starrte Laura entgeistert an.

„Hä?", war alles, was ihr dazu einfiel.

Laura seufzte. Das würde schwerer werden, als sie gedacht hatte.

„Wir konnten einander doch kein bisschen leiden, als du in die WG gezogen bist", erklärte sie. Magdalene nickte. „Und jetzt mögen wir uns doch, oder?", fuhr Laura fort.

„Mhm."

„Na eben. Also: Welche meiner Charaktereigenschaften haben dich davon überzeugt, dass ich ein wertvoller Mensch bin?"

„Wie kommst du darauf, dass ich das denke?", erkundigte sich Magdalene kopfschüttelnd.

„Na, irgendetwas muss dich doch dazu bewegt haben, mich zu mögen. Alles, was ich wissen will, ist: Was magst du besonders an mir?"

„Es war mir einfach zu anstrengend, ständig mit dir zu streiten", erwiderte Magdalene lächelnd. „Und jetzt lass mich bitte in Ruhe. Ich muss das hier fertig kriegen."

Tja, mehr war anscheinend nicht aus ihr rauszubekommen. Laura glaubte keinen Augenblick an Magdalenes Erklärung, sie war heute wohl einfach schlecht drauf.

„Was machst du denn da?", fragte Laura.

„Französisch."

„Wozu? Schreibt ihr noch eine Arbeit vor den Ferien?"

„Nö."

„Warum lernst du dann so eifrig, du Streberin?", stichelte Laura.

Sie stand auf, kam zu Magdalene und linste über ihre Schulter. Was sie da las, machte sie mehr als stutzig.

Je suis Magdalene Dorner d'Allemagne. – Ich bin Magda-

89

lene Dorner aus Deutschland. *Je veux devenir une model.* –
Ich will Model werden. *Voulez-vous me photographier?* –
Wollen Sie mich fotografieren?

Laura lachte drauflos. „Was soll denn dieser Schwachsinn?"

„Ich ziehe bald nach Paris, wenn du es genau wissen
willst", antwortete Magdalene in scharfem Ton. „Und da
muss ich mich ja wohl deutlich ausdrücken können, sonst
verstehen alle nur Bahnhof."

„Tja, viel mehr verstehe ich im Moment leider auch
nicht", sagte Laura. „Du willst nach Paris?"

Magdalene nickte. „Als Aupairmädchen. Babysitten und
so."

„Und wenn du freihast, setzt du dich ins erstbeste Café
und sagst zum Kellner: ‚Hallo, ich bin Magdalene Dorner!
Wollen Sie mich fotografieren?'"

„Raus!", schrie Magdalene und zeigte auf die Tür. „Wenn
ich erst mal ein berühmtes Model bin, werden dir deine
Witze noch Leid tun, du blöde Kuh!"

Blitzschnell verschwand Laura aus dem Zimmer. Im
Wohnzimmer fragte Jasmin, die sich zusammen mit Nicole
eine uralte Liebesschnulze anguckte: „Was ist denn in Magdalene
gefahren? Sie bellt ja lauter als Amigo!"

„Die spinnt!", brummte Laura. „Sie lernt Französisch für
so einen Job in Paris."

„Hat sie uns auch erzählt", seufzte Jasmin. „Vielleicht
wird ja tatsächlich was draus. Habt ihr euch gestritten?"

„Nein."

Sollte Laura nicht einfach mal bei Jasmin und Nicole
nachfragen, was sie so von ihr hielten? Doch ehe sie sich
dazu entschließen konnte, kam ihr Nicole mit einem anderen
Thema zuvor.

„Ich hab Jasmin eben verklickert, wobei ich Lilli und Felipe belauscht habe", sagte sie zu Laura. „Du weißt schon: dieses eingebildete Gequatsche von Felipe über die zweitausend Frauen, die ihn angeblich lieben."

Laura warf Jasmin einen neugierigen Blick zu. Die starrte nicht auf den Bildschirm, wo gerade ein weißhaariger Rentner eine scheintote Blondine küsste, sondern auf einen Fleck an der Wand. Dort gab es absolut nichts zu sehen, wie Laura feststellte. Nicht mal die Blutreste von einer toten Mücke.

„Dieser Idiot glaubt doch tatsächlich, dass auch Jasmin in ihn verliebt ist!", regte sich Nicole auf. „Könnt ihr euch das vorstellen?"

Mit angehaltenem Atem kaute Laura auf ihrer Unterlippe herum und behielt Jasmin im Auge. Die war ganz blass geworden und hatte ihren Kopf wieder in Richtung Fernseher gedreht. Doch ihr Blick war völlig leer. Laura war verwirrt. Natürlich wussten die Mädchen aus der WG, dass Jasmin für Felipe schwärmte. Aber an Nicole war das bisher vorbeigegangen, und auch Laura hatte die Sache nicht besonders ernst genommen. Jetzt merkte sie, dass es jemanden gab, der das ganz anders sah: Jasmin.

Ja, sie wirkte richtig geknickt! Kein Wunder – schließlich hatte sich ausgerechnet Felipe darüber lustig gemacht, dass sie ihn mochte.

„Wir wissen doch schon lange, dass Felipe ein arroganter Blödmann ist", sagte Laura. „Und so ganz Unrecht hat er ja auch gar nicht. Er schleppt wirklich jede Woche eine neue Tussi an."

Was für ein seltsames Geräusch hatte Jasmin denn da ausgestoßen? Es hört sich eher nach einem Gurgeln als nach einem Lachen an.

„Lilli fand seine Sprüche richtig ekelhaft!" sagte Nicole. „Und wir wissen ja wohl auch alle, warum."

„Warum denn?", fragte Jasmin.

Nicole runzelte die Stirn. „Habt ihr das wirklich noch nicht gemerkt? Wer wohnt denn hier und sieht die beiden Tag für Tag – ihr oder ich? Die arme Lilli ist total in Felipe verknallt. Und zwar bis über beide Segelohren. Ich frage mich, ob wir da nichts machen können."

Jasmin rutschte unruhig auf dem Sofa hin und her. „Wie meinst du das?", fragte sie Nicole.

„Überlegt doch mal!"

Bitte nicht wieder so ein dämlicher Verkuppelungsversuch!, dachte Laura genervt. Nicole hatte schon immer eine Vorliebe dafür gehabt, Menschen, die einfach nicht zusammengehörten, zusammenbringen zu wollen.

Felipe hatte so ziemlich alles, was sich Lilli von einem Mann wünschte: Er sah gut aus, war witzig, sportlich, nicht auf den Mund gefallen und hatte mehr im Kopf als Fernsehen und Fußball. Lilli dagegen hatte so ziemlich alles, was Felipe bei einer Frau bestimmt nicht suchen würde: Sie war gebildet, intelligent, herzlich und erwachsen.

Sie fand ihn anscheinend attraktiv, er sie garantiert nicht. Punkt. Das war der Stand der Dinge, und nichts auf der Welt würde etwas daran ändern.

Am liebsten hätte Laura gegähnt. Sie hatte keine Lust mehr, sich darüber zu unterhalten, wer was für wen empfand oder auch nicht. Wie konnte man sich nur ständig Gedanken über die Gefühle anderer Leute machen? Sie persönlich hatte genug damit zu tun, über ihre eigenen Gefühle nachzudenken. Außer ihr interessierte sich ja sonst auch keiner dafür.

Argwöhnisch beobachtete Laura, wie Nicole ihre Finger

knetete und dabei fieberhaft überlegte. Hoffentlich würde sie nicht gleich mit irgendwelchen aberwitzigen Ideen rausrücken. Aber nein: Nicole dachte nur daran, wie sich Lilli ein wenig attraktiver präsentieren könnte.

„Es würde ja schon reichen, wenn sie ihre Haare nicht mehr zu diesem altmodischen Knoten hochstecken würde", murmelte Nicole. „Und wenn sie Kontaktlinsen statt der Brille tragen würde. Und diese grauenvollen Schuhe!"

„Vergiss es!", maulte Jasmin. „Lilli wirst du nie ändern! Außerdem ist es ihre Sache, was sie aus sich macht."

Ein boshaftes Lächeln erschien auf Nicoles Gesicht. „Hey, willst du dich nicht in Lillis Angelegenheiten einmischen, weil du etwa selbst verknallt bist in den Typen?"

Jasmin zog eine Grimasse. „Bist du wahnsinnig? Der Kerl interessiert mich so sehr wie der Staub auf meiner Heizung!"

So eine elende Lügnerin!, dachte Laura. Merkte Nicole wirklich nicht, was Sache war? Jasmin spielte nur Theater, und das nicht mal besonders gut.

„Wir müssten die beiden irgendwie dazu bringen, zusammen etwas zu unternehmen", fuhr Nicole fort, worauf ihr Jasmin einen giftigen Blick zuwarf. Nicole bemerkte ihn jedoch nicht und quatschte gnadenlos weiter: „Wofür interessieren sich Lilli und Felipe?"

„Für mich sicher nicht", mischte sich Laura in mürrischem Ton ein. „Aber das tut ja auch sonst keiner."

Sie stand auf und verzog sich in den Flur. Verdammter Mist! War denn niemand da, dem sie ihr Herz ausschütten konnte? Sie hätte sogar dafür bezahlt.

Moment mal! Hier gab es doch jemanden, der Geld dafür bekam, sich ihre Sorgen anzuhören.

Schnurstracks marschierte Laura nach draußen ins Treppenhaus und ging zur Wohnungstür nebenan. Dreimal klopfte sie an, jedes Mal etwas lauter. Natürlich hätte sie auch klingeln können, aber das war ihr irgendwie nicht dramatisch genug.

Endlich öffnete Felipe die Tür. Sein Haar war zerwühlt, und er bekam seine Augen nur halb auf. Klarer Fall: Er hatte sich was eingefangen. Entweder eine Grippe oder eine neue Freundin.

„Hi", sagte er verschlafen. „Was gibt's?"

„Ich will mit dir reden", sagte Laura. „Dafür wirst du doch bezahlt, oder?"

Felipe stutzte. „Unter anderem", sagte er nicht sonderlich begeistert.

„Also. Lässt du mich rein oder was?"

„Oder was", antwortete Felipe trocken. „Kannst du nicht in zehn Minuten noch mal kommen?"

Aha, der gnädige Herr Sozialarbeiter interessierte sich also auch einen Dreck für Lauras Probleme! Laura kochte vor Wut. Was fiel dem Kerl eigentlich ein? Sie war schließlich nicht Jasmin, die er mit einem netten Lächeln abspeisen konnte.

„Nein, ich kann nicht in einer halben Ewigkeit wiederkommen!", sagte sie scharf. „Ich habe ein Problem. Jetzt! Du bist mein Betreuer. Ich will mit dir reden."

Felipe kratzte sich am Kopf. Jetzt sahen seine Haare endgültig aus wie ein Vogelnest.

„In zehn Minuten", wiederholte er. „Ich hab gerade Besuch."

„Hat er einen Busen?", erkundigte sich Laura. Vielleicht war es ja nicht ganz fair, ihren ganzen Ärger an Felipe auszulassen. Es war aber nun mal kein anderer da.

„Jede Menge", meinte er total cool. „Wenn du in zehn Minuten wiederkommst, hab ich Zeit", wiederholte er. „Sie wollte sowieso gerade gehen."

„Wieso?", fragte Laura. „Muss sie noch Hausaufgaben machen?"

Das fand Felipe alles andere als komisch. Er musterte Laura mit finsterer Miene und knurrte: „Vorsicht! Du solltest nicht vergessen, mit wem du redest."

„Das tue ich nicht", erwiderte Laura gereizt. „Allerdings vergesse ich auch nicht, wer nicht mit mir reden will. Schönen Abend noch!"

Damit drehte sie sich auf dem Absatz um, stürmte in die Wohnung zurück und verzog sich in ihr Zimmer. Dort riss sie ihren Schrank auf und kramte eine Tüte Chips hervor, die sie für besondere Notfälle aufbewahrte. Für so einen Notfall wie diesen hier.

Kauend ging sie zu ihrem Bett und verpasste der Schachtel darunter einen Tritt.

Das Kleid konnte ihr gestohlen bleiben. Heiligabend konnte ihr gestohlen bleiben. Die ganze Scheißwelt konnte ihr gestohlen bleiben!

13. Kapitel

Na großartig! Seit gestern war es in Düsseldorf fast so warm wie auf Mallorca. Der Schnee hatte angefangen zu schmelzen und sich in ekelhaften Matsch verwandelt. Jeder Schritt von Jasmin klang so, als würde sie einen Frosch zertreten. Zu allem Überfluss spritzte der Dreck auch noch auf ihre Jeans. Das trug nicht unbedingt dazu bei, ihre Stimmung zu heben.

Weihnachten – was für eine bescheuerte Erfindung! Bei ihren Freundinnen in der Schule war es das Thema Nummer eins. Sie zerbrachen sich die Köpfe darüber, was sie ihren Eltern und Geschwistern schenken sollten. Und was sie selbst bekommen würden. Und wie groß der Weihnachtsbaum wäre und wie er am besten geschmückt werden sollte und so weiter. In den letzten Pausen hatte sich Jasmin immer in irgendeine Ecke verkrochen und ihr Brot für sich allein gefuttert.

Was hätte sie denn auch sagen sollen bei all diesen Gesprächen? Jasmin wusste ja noch nicht mal, wo und mit wem sie den Heiligen Abend verbringen würde. Etwa in der Chaoswohnung ihrer Mutter? Dort feierten bestimmt die Maden und Wanzen eine große Party. Jasmin hatte keine Lust, ihre Mutter zu besuchen und die Stunden damit zu vertrödeln, ihre Schnapsfahne wegzufächeln.

Und was war mit der WG? Magdalene würde dann vielleicht schon in Paris sein, Nicole und ihr Vater auf dem Weg ins Gelobte Land, wenn man ihr glauben durfte. Und was Laura vorhatte, hatte sie bis jetzt niemandem verraten – außer Amigo vielleicht.

Jasmin schreckte aus ihren Gedanken auf, als sie von hinten angerempelt wurde. Na typisch, ausgerechnet auf dem Weihnachtsmarkt nahm keiner Rücksicht! Überall hingen Lichterketten und Lametta. Es roch nach Punsch und Glühwein. Jasmin hasste den Geruch! Warum mussten sich die Leute immer mit Alkohol in Feiertagsstimmung versetzen? Es war Donnerstagnachmittag. Konnten sie ihre Sauferei nicht wenigstens auf das Wochenende verlegen und das bei sich zu Hause machen?

Wie Ameisen wimmelten die Leute zwischen den Ständen herum. Oder sie standen in Gruppen beisammen, an irgendein Gesöff geklammert, und unterhielten sich fröhlich. Jedenfalls sahen die meisten so aus. Wie echt ihr Lachen war, konnte Jasmin nicht entscheiden.

Fast wütend drängte sie sich an ihnen vorbei. Es war so unfair, dass manche Leute immer Spaß hatten und – ach was! Die anderen konnten ihr doch völlig gleichgültig sein! Jasmin ging es in erster Linie um sich selbst. Sie hatte keinen Spaß, also gönnte sie ihn auch sonst keinem.

Sie fragte sich, was sie hier eigentlich wollte. Wozu sollte sie ihrer Mutter denn ein Geschenk machen? Wenn sie wirklich wieder angefangen hatte zu trinken, dann blickte sie ohnehin nicht mehr durch, ob gerade Weihnachten, Karneval oder Ostern war.

„Jasmin!“

Sie zuckte zusammen. Wer rief denn da ihren Namen? Aber wahrscheinlich war jemand anders gemeint. Darum drehte sie sich erst gar nicht um.

„Jasmin!“

Scott zupfte sie am Ärmel. Oh nein, der hatte ihr noch gefehlt! Er trug eine lächerliche Weihnachtsmannmütze, sah aber auch mit diesem Schrott auf dem Kopf noch irgendwie gut aus.

„Na?“, begrüßte er sie leicht verlegen. „Was machst du denn hier?“

„Kannst du mir eine noch dümmere Frage stellen?“, gab Jasmin giftig zurück.

Es regte sie auf, dass Scott immer so cool drauf war, wenn er über den Schulhof schlenderte, sich aber prompt in den letzten Vollidioten verwandelte, sobald er ihr allein gegenüberstand. Denn dann quoll aus seinem hübschen Kussmund nur noch Müll heraus.

„Suchst du Geschenke?“

„Volltreffer!", rief Jasmin aus und setzte ihren Weg durchs Gewühl fort. Scott blieb an ihrer Seite. „Und du", fragte Jasmin gereizt, „suchst du jemanden, der dir seinen Glühwein über den Mantel schüttet?"

Scott lachte. „Ich brauche noch was für meinen Vater, aber ich finde leider nichts."

„Was hat er denn für Hobbys?", erkundigte sich Jasmin.

„Rumbrüllen und angeben."

„Dann kauf ihm ein goldenes Megafon."

Dachte Scott tatsächlich über ihren schwachsinnigen Vorschlag nach? Jedenfalls machte er so ein Gesicht. Plötzlich schüttelte er den Kopf und meinte: „Ich kauf ihm doch lieber ein schönes Buch."

„Von wem denn?"

„Egal", antwortete Scott. „Er liest es sowieso nicht. Hauptsache, es macht sich gut im Regal. Und für wen suchst du ein Geschenk?"

„Für meine Mutter."

Scotts linke Augenbraue wanderte erstaunt in die Höhe. „Ich dachte, ihr Mädels in der WG hättet keine Eltern mehr."

„Doch. Ich hab eine Mutter. Aber ich lebe nicht bei ihr."

Normalerweise wäre jetzt eine neugierige Frage fällig gewesen, die Jasmin allerdings nicht beantwortet hätte. Dafür, dass Scott den Mund hielt, war sie ihm richtig dankbar. Sie konnte es nicht ausstehen, jedem neuen Bekannten erklären zu müssen, dass ihre Mutter Alkoholikerin war und sie deshalb bei ihrer Oma aufgewachsen war, die inzwischen aber nicht mehr lebte. Sie hatte diese Geschichte schon so oft erzählt, dass sie gar nichts mehr mit ihr selbst zu tun zu haben schien. Es war einfach irgendeine Geschichte und Jasmin irgendeine Erzählerin.

„Hast du schon eine Idee, worüber sie sich freuen könnte?", erkundigte sich Scott vorsichtig.

„Vielleicht eine Kette", überlegte Jasmin.

„Hey, das ist klasse!", rief Scott begeistert aus und klopfte ihr auf die Schulter.

Meine Güte, warum jubelte er denn so? Jasmin hatte schließlich nicht vorgeschlagen, den Hunger der Welt auszurotten.

„Da drüben gibt's Schmuck!" Scott deutete auf einen Stand, packte Jasmins Arm und zog sie dorthin.

Auf mehreren Bahnen schwarzem Stoff waren mit Stecknadeln Ringe, Ohrringe, Ketten und Armbänder befestigt. Jasmin sah sich eine Kette genauer an, warf dabei aber einen Seitenblick auf Scott.

„Das mit Paul auf dem Schulhof neulich, das war echt super", sagte sie und fuhr mit den Fingerspitzen über ein silbernes Armband.

Mit Scott geschah etwas Seltsames. Auf seinem Hals erschienen rote Punkte, die immer größer wurden und langsam nach oben wanderten, um sich auf seinem ganzen Gesicht auszubreiten.

„So?", meinte er, ohne sie anzusehen. „Ich finde dich auch cool. Und nett. Irgendwie."

Ach du Scheiße! Jasmin hatte ihm nur sagen wollen, dass sie sein Verhalten okay gefunden hatte. Hatte er das etwa als Liebeserklärung aufgefasst – irgendwie?

Sie tat, als hätte sie ihn nicht verstanden, und betrachtete intensiv ein Paar Ohrringe.

„Kann ich dir helfen?", fragte die Verkäuferin. Sie trug ihr Haar zu einem Knoten zusammengefasst, genau wie Lilli. Sie hatte sogar eine ähnliche Brille auf. Jasmin spürte ein Kribbeln im Magen. Sie musste an Nicole und ihre tollen

Verkupplungspläne denken. Und daran, dass sich Felipe über ihre Gefühle für ihn lustig gemacht hatte. Hielt er sie etwa für ein Kleinkind, das man nicht richtig ernst nehmen durfte?

„Ich fragte, ob ich dir helfen kann", wiederholte die Verkäuferin so laut, als hätte sie es mit einer Schwerhörigen zu tun. „Möchtest du die Ohrringe mal anprobieren?"

„Nein", sagte Jasmin schnell, drehte sich um und kämpfte sich weiter durchs Menschengetümmel, verfolgt von Scott.

„Alles okay?", fragte er nach einer Weile besorgt.

Nein, gar nichts war okay. Scott war ein Jahr älter als sie, er sah gut aus, war nett – warum verliebte sie sich nicht in ihn? Wieso vergaß sie nicht schleunigst diesen affigen Felipe, für den sie nur eine Lachnummer war?

„Findest du mich eigentlich hübsch?", fragte sie Scott plötzlich.

Sofort tauchten die Flecken wieder auf seinem Hals auf. „Mhm", machte er, legte eine längere Pause ein und fuhr dann fast flüsternd fort: „Du hast schöne Augen. Und schöne Haare. Und du hast Stil."

„Was meinst du damit?", fragte Jasmin. „Stil! Woran merkst du, ob jemand Stil hat oder nicht? Und ist das überhaupt wichtig?"

„Guck dir die mal da an!", erwiderte Scott. „Würdest du so rumlaufen wie diese Schlampe?"

Er zeigte auf eine Frau mit fettigem, zerwühltem Haar und speckigem Anorak, die mit glasigen Augen und einer dampfenden Tasse in der Hand an einem Punschstand lehnte.

„So könntest du nie werden", sagte Scott. „Weil du eben Stil hast."

Jasmin war stehen geblieben. Tränen schossen ihr in die Augen. Sie ballte so fest die Fäuste zusammen, dass sie höllisch schmerzten. Die Frau, auf die Scott gedeutet hatte, war ihre Mutter.

Sie hatte getrunken. Eine ganze Menge sogar. Nur torkelnd würde sie diesen Stand verlassen können – wenn überhaupt. Jasmins Magen krampfte sich zusammen. Sie wollte nur noch weg hier.

„Warum bist du denn so blass?", wunderte sich Scott. „Kannst du auch diesen widerlichen Bratwurstgestank nicht vertragen?"

„Ja", sagte Jasmin. „Lass uns verschwinden!"

Zehn Minuten später saßen sie nebeneinander in der Straßenbahn. Jasmin suchte verzweifelt nach einem Gesprächsthema, nach irgendetwas, das dieses Bild aus ihrem Kopf löschen könnte. Ihre Mutter als besoffene Pennerin am Weihnachtsmarkt! Irgendjemand würde sich schon darum kümmern, dass sie nach Hause kam. Wenn nicht ein netter Mitmensch, dann halt die Ambulanz.

„Du findest mich also ganz hübsch?", fragte sie schließlich noch einmal nach.

Scott war anscheinend heilfroh, dass Jasmin die Sprache wieder gefunden hatten. Er lächelte sie an und sagte: „Du wärst sogar hübsch, wenn du Sachen wie diese Frau eben anhättest. Gut, dass wir ihr nicht zu nahe gekommen sind! Gegen diesen Pennergestank hätten die Bratwürste wie Parfüm gerochen!"

Voller Wucht rammte ihm Jasmin einen Ellenbogen in die Seite. „Du blödes Arschloch!", schrie sie außer sich vor Wut. „Noch ein Wort über meine Mutter, und ich kratz dir die Augen aus!"

Weil die Straßenbahn gerade hielt, sprang sie raus und

lief los. Irgendwohin. Tränen strömten ihr über die Wangen. Die Leute, die vorbeigingen, glotzten sie neugierig an.

„Kümmert euch um eure eigene Scheiße!", brüllte Jasmin, als eine vierköpfige Familie an ihr vorüberging.

„Ganz meine Meinung!", sagt eine vertraute Stimme hinter ihr.

Sie fuhr herum. Felipe!

Unbeholfen wischte sich Jasmin die Tränen ab. Wenn er jetzt eine blöde Bemerkung gemacht hätte, wäre es seine letzte in diesem Leben gewesen. Aber er stand nur stumm da und machte ein ungewohnt ernstes Gesicht.

„Was ist?", schniefte Jasmin.

Felipe zückte ein Taschentuch und drückte es ihr in die Hand. Während sie sich die Nase putzte, zeigte er auf ein Café auf der anderen Straßenseite.

„Wie wär's mit Teetrinken und Reden?", schlug er vor.

„Mir ist nicht nach Reden", brummte Jasmin trotzig.

„Mir aber", seufzte Felipe. „Hör mir einfach nur zu, okay? Mir geht's nämlich echt beschissen. Vielleicht kannst du mich ja ein bisschen trösten."

Hatte Jasmin das richtig verstanden? Felipe wollte sich ausgerechnet bei ihr ausheulen? Sie zwang sich dazu, ihm nicht vor Freude um den Hals zu fallen. Stattdessen verkündete sie entschlossen: „Aber meinen Tee bezahle ich selbst, kapiert?"

„Und meinen auch", sagte Felipe grinsend. „Ich hab nämlich kein Geld dabei. Spendierst du mir auch ein Stück Obsttorte?"

„Spinnst du? Ich bin doch keine Millionärin!"

Lachend überquerten sie die Straße.

4. Kapitel

Oh Mann! Offenbar ist Kanada doch eine etwas kühle Angelegenheit, dachte Nicole fröstelnd. Sie lag auf Magdalenes Bett und blätterte in dem Reiseführer, den Jasmin ihr besorgt hatte.

Hauptstadt: Ottawa, eine Million Einwohner; Sprache: Englisch und Französisch.

Nicole stockte. Französisch? Vielleicht sollte sie zusammen mit Magdalene lernen. Ihr Englisch war auch nicht gerade erstklassig. Sie kannte zwar die meisten Songtexte der Beatles auswendig, aber mit *Yellow Submarine* würde sie in Kanada vermutlich nicht sehr weit kommen. Außerdem hatte Nicole längst entschieden, dass sie nach Montreal wollte. Die Bilder dieser Stadt gefielen ihr am besten. Zu dumm, dass man dort vor allem Französisch sprach! Das konnten weder ihr Vater noch sie.

Was ihr überhaupt nicht gefiel, war der Vermerk *Klima*. Was sie da las, ließ sie frösteln: In den dichter besiedelten Gebieten winterkaltes bis Steppenklima.

Was Steppenklima war, wusste Nicole nicht, aber das Wort *winterkalt* war so klar wie ein eisiger Januarmorgen. Sollten sie vielleicht nicht doch lieber nach Kalifornien auswandern?

„Was liest du denn da?", fragte Magdalene, die eben ins Zimmer kam.

„Einen Reiseführer über Kanada", sagte Nicole und machte Anstalten, von Magdalenes Bett aufzustehen.

„Bleib ruhig liegen", sagte Magdalene schnell. „Ich suche

nur eine Creme." Sie fuhr sich über die Stirn. „Wenn der Pickel da oben nicht bald verschwindet, lande ich noch als Einhorn im Zoo!"

„Ach, den sieht man doch kaum", schwindelte Nicole.

Magdalene schaute sie ungläubig an. „Geh mal zum Augenarzt", schlug sie vor. „Der ist so riesig, dass ich ihm eigentlich 'ne Mütze aufsetzen müsste, wenn ich rausgehe ..."

Nicole lachte.

„Jaja, lach nur", knurrte Magdalene. „Du mit deiner Pfirsichhaut kennst solche Probleme natürlich nicht."

„Ich hab genug Probleme, glaub mir!", erwiderte Nicole seufzend.

Magdalenes Gesichtsausdruck änderte sich plötzlich. Sie setzte sich zu Nicole aufs Bett.

„Denkst du noch an die Zeit im Heim?", fragte sie.

Hä? Warum hätte Nicole denn daran denken sollen? Ach ja, richtig: die Mädchengang, die es angeblich auf sie abgesehen hatte! Im Grunde wäre Nicole eine verdammt gute Lügnerin gewesen. Sie konnte sich ihre Märchen nur blöderweise nie merken.

Nicole versuchte, betrübt zu wirken. „Ja, manchmal denke ich ans Heim", sagte sie leise und hoffte, dass Magdalene darauf reinfiel. Die Sache mit der brutalen Mädchengang war natürlich erstunken und erlogen. Das letzte Heim war genauso langweilig gewesen wie alle anderen davor. Nie hatte es jemand gewagt, Nicole auch nur schief anzusehen. Nein, besonders kräftig war sie nicht, aber dafür verfügte sie über eine Waffe, die alle fürchteten: ihre spitze Zunge.

An dem Abend, als entschieden werden sollte, ob Nicole in der WG bleiben durfte oder nicht, hatte Magdalene nicht sonderlich begeistert von dieser Idee gewirkt. Also hatte

sich Nicole schnell was einfallen lassen: die böse Mädchengang, die ihr das Leben zur Hölle machte.

„Ich weiß, wie das ist", sagte Magdalene mitfühlend.
„Mein Stiefbruder hat mich auch immer verprügelt. Meine
Mutter hat so getan, als würde sie nichts merken." Sie
stockte. „Und irgendwie kann man in so einer Situation
auch mit keinem reden", fuhr sie fort. „Stimmt's?"

Nicole schluckte. Was war sie doch für eine miese Ratte!
Ausgerechnet Magdalene, die selbst jahrelang verprügelt
worden war, hatte sie diesen Schwachsinn mit der Gang
aufgetischt!

Obwohl sie von ihrem schlechten Gewissen gezwickt und
gezwackt wurde, dass es richtig wehtat, fuhr Nicole mit ihrer elenden Schauspielerei fort. Sie nickte tief betrübt vor
sich hin und murmelte: „Du hast Recht."

Lächelnd strich ihr Magdalene übers Haar und schlug
vor: „Sollen wir was essen?"

Danke, ich hab schon einen Kloß im Hals!, hätte Nicole
am liebsten gesagt. Stattdessen stand sie auf und folgte
Magdalene in die Küche.

„Wie wär's mit Toast?", fragte Magdalene fröhlich.

„Okay."

Nicole wünschte, sie wäre schon in Kanada. Was, wenn
Magdalene weiter über die Gang reden wollte? Sicher, Nicole interessierte sich für Schauspielerei – aber nur im Kino.

„War da eigentlich niemand im Heim, der dir geholfen
hätte?", erkundigte sich Magdalene prompt.

„Ach, das hab ich erst gar nicht versucht", sagte Nicole
schnell. Womit konnte sie Magdalene ablenken? Gab's kein
Thema, auf das Magdalene unweigerlich anspringen würde?

Na klar!

105

„Du willst echt Model werden?", erkundigte sich Nicole.

Magdalene blühte sichtlich auf.

„Oh ja!", erzählte sie eifrig. „Und jetzt hab ich auch noch die Chance, nach Paris zu gehen!"

Nicole unterdrückte ein Gähnen. „Toll!", sagte sie.

„Hast du denn nie dran gedacht zu modeln?", fragte Magdalene.

„Ich? Mit lächerlichen Fetzen auf einem Steg herumstolzieren und sämtliche Backen einziehen? Nein danke!"

Ups! Das war etwas schroffer rausgekommen als geplant.

Magdalene wirkte ziemlich geknickt. „Hm", machte sie leise. „Genau das ist mein großer Traum."

Scheiße! Nicole hatte wirklich nicht vorgehabt, Magdalene zu kränken. Sie beobachtete Magdalene dabei, wie sie zwei Toastscheiben nebeneinander legte, um sie mit Butter zu bestreichen. Bildete sie sich das ein, oder war da wirklich ein verräterisches Glitzern in Magdalenes Augen? So empfindlich konnte sie doch nicht sein, oder?

„Na schön, ich hab gelogen", behauptete Nicole zögernd.

Magdalene hob nicht den Kopf. „Wie meinst du das?", fragte sie.

„Ich wollte auch mal Model werden."

Jetzt blickte Magdalene sie erstaunt an.

„Dann hat mir aber irgendein Fotograf gesagt, ich wäre zu klein", fuhr Nicole fort.

„Wie groß bist du denn?", fragte Magdalene und legte die Toastscheiben übereinander.

„Eins vierundsechzig."

Mitleidig schüttelte Magdalene den Kopf. „Das ist nicht sehr groß. Für ein Model", fügte sie schnell hinzu.

Magdalene grinste sie an. Das Glitzern in ihren Augen war verschwunden, stellte Nicole zufrieden fest.

„Das heißt also, du musst dir einen anderen spannenden Beruf suchen", sagte Magdalene. „Zum Beispiel Astrophysikerin oder so."

Nicole winkte ab. „Ich fürchte, dafür braucht man einen richtigen Schulabschluss. Allerdings hab ich gelesen, dass es in Kanada zu wenig Beachvolleyball-Spielerinnen gibt. Vielleicht versuch ich's mal damit."

„Spielst du denn Beachvolleyball?"

„Noch nicht, aber wahrscheinlich komme ich auch drüben nicht dazu. Dafür sind die Temperaturen einfach zu frostig. Und darum gibt's dort auch kaum Beachvolleyball-Spielerinnen!"

So ein blödes Geschwätz! Aber das war Nicole egal, Hauptsache, Magdalene fing nicht wieder mit der Mädchengang an ...

Nachdem Magdalene die Toasts auf zwei Teller gelegt hatte, stellte sie einen vor Nicole, setzte sich ihr gegenüber und fing an zu essen.

Aus heiterem Himmel fragte sie plötzlich kauend: „Hast du denn mal daran gedacht, dass du erwischt werden könntest? Dann landest du nicht in Kanada, sondern wieder in Münster."

Nicole hätte sich fast verschluckt. „Scheiße! Musst du mich unbedingt daran erinnern? Ich weiß selbst, dass ich bis jetzt unheimlich viel Glück gehabt habe."

„Allerdings!", sagte Magdalene. „Normalerweise kreuzen Lilli und Felipe viel öfter bei uns auf als in den letzten Tagen."

Nicole wusste genau, was ihr drohte, wenn Lilli und Felipe sie erwischen würden. Felipe würde sie an den Ohren zum Bahnhof schleifen, in den Zug setzen und mit verschränkten Armen warten, bis er abfuhr. Sie sah das Bild so deutlich vor sich, dass sie fröstelte. Das lag vielleicht auch daran, dass sie das alles schon mal erlebt hatte. Na ja, die Sache mit dem Ohr war etwas übertrieben.

Aber wahrscheinlich wird das die Zugabe beim zweiten Mal!, dachte Nicole grimmig.

Wie konnte sie nur so verrückt sein, hier in der Küche herumzuhocken? Eigentlich müsste sie im Schrank wohnen, um auf Nummer sicher zu gehen. Jederzeit konnte jemand reinplatzen, der sie nicht sehen sollte.

„Ich geh jetzt wohl besser zurück in dein Zimmer", murmelte sie und wollte aufstehen. „Ich hab noch was zu tun im ... äh ... am Schreibtisch."

Magdalene hielt sie am Arm fest.

„Ach Quatsch, bleib hier! Lilli hat die Tagschicht, und sie ist einkaufen. Sie hat sich meiner erbarmt, ich habe ihr etwas vorgeheult von wegen zu viele Hausaufgaben und dass ich es unmöglich zum Supermarkt schaffe. Wo sich Felipe tagsüber rumtreibt, weiß keiner", fügte sie hinzu. „Vermutlich erholt er sich von seinen Nächten."

Nicole war noch immer nicht ganz wohl in ihrer Haut. Es hatte sie unheimlich geärgert, dass sie damals aus der WG geflogen war. Aber seitdem sie sich hier versteckte, tat es ihr erst richtig Leid, nicht wirklich dazuzugehören.

Im Grunde genommen konnten Laura, Jasmin und Magdalene hier tun und lassen, was sie wollten. Warum wollten sie dann trotzdem alle weg?

„Was genau gefällt dir eigentlich nicht an der WG?", fragte sie Magdalene.

Die stutzte erst und zuckte dann die Schultern. „Keine Ahnung! Vielleicht, dass ich nicht ganz freiwillig hier bin. Wir drei sind irgendwie in dieser WG hängen geblieben. Unsere Familien wollen uns nicht, oder wir wollen sie nicht, oder es gibt gar keine Familie. Das weiß jeder hier im Haus und auch jeder in der Schule. Deshalb wär ich einfach gern woanders."

„Du meinst, weil du dort nicht die Magdalene wärst, die von ihrem Bruder verprügelt worden ist und geklaut hat? Weil du woanders ganz von vorn anfangen könntest?"

Magdalene nickte. „Genau. Verstehst du das?"

„Nein, kein bisschen!" Nicole grinste.

Lachend boxte Magdalene sie in die Seite.

In diesem Augenblick schlug jemand mit einem Knall die Wohnungstür zu. Nicole und Magdalene sprangen gleichzeitig auf und liefen wie kopflose Hühner in der Küche herum auf der Suche nach einem Versteck für Nicole.

Zu spät: Die Küchentür ging auf, und – Amigo zwängte sich durch, trottete zu seinem Futternapf und stupste ihn mit der Nase vor sich her.

Nicole atmete auf. Laura war mit Amigo spazieren gewesen. Zwei Sekunden später stand sie selbst in der Küchentür.

„Ihr könnt euch nicht vorstellen, was eben passiert ist!", keuchte sie völlig außer Atem. „Da war diese dicke Frau an dem Kiosk, und Amigo hat sie –"

„Wir hätten fast einen Herzinfarkt bekommen", unterbrach Magdalene sie und funkelte sie böse an. „Kannst du dich nicht irgendwie bemerkbar machen?"

Verdutzt starrte Laura von einer zur anderen.

„Wieso? Wie? Was?"

„Schon gut", winkte Nicole ab. „Wir haben's ja überlebt."

Sie hatte keine Lust, mit Laura zu streiten. Dazu konnte sie sich noch zu gut an ihre Wutanfälle erinnern. Die endeten nie besonders lustig.

„Warum seid ihr denn so schlecht drauf?", erkundigte

109

sich Laura beleidigt. „Ich hab doch nur die Tür aufgemacht und bin reingekommen. Ist das schon ein Verbrechen?"

Nicole war die ganze Sache zu blöd. Sie stand auf und ging zurück in Magdalenes Zimmer. Wieder schnappte sie sich den Reiseführer und starrte auf die Worte *Steppenklima* und *winterkalt*. Hm, vielleicht sollten ihr Vater und sie nur nach Montreal fliegen, um dort in eine Maschine nach Hawaii umzusteigen.

15. Kapitel

Laura konnte sich noch gut daran erinnern, wie sie sich gefühlt hatte, als Magdalene neu in die WG gekommen war. Jasmin hatte sich plötzlich nur noch für sie interessiert und Laura dabei links liegen gelassen.

Und jetzt passierte genau das Gleiche mit Nicole. Jasmin und Magdalene waren richtig schleimig zu ihr. Nicole hier, Nicole da. Wie schön, dass sich hier jeder für jeden interessierte! Nur für sie – Laura – interessierte sich kein Schwein.

War das Leben nicht ungerecht? Jeder Hund wurde besser behandelt als sie. Gestern Abend hatte Laura eine Sendung gesehen, in der Tiere ein neues Zuhause suchten.

Der Kater Galileo, kastriert, rot getigert, stubenrein, sucht eine nette Familie mit Kindern. Der Rauhaardackel Puzzi, acht Jahre alt, möchte gerne zu einer älteren Dame mit Garten.

Warum gab es so was nicht auch für Kinder und Jugendliche?

Die dicke Laura, sechzehn, stubenrein, kurzhaarig, sucht eine Familie mit DVD-Player und Marmorbad.

Klang doch gut, oder? Solange niemand von ihr erwartete, Männchen zu machen ...

Vielleicht sollte sie das wirklich mal probieren? Einfach zur Zeitung gehen und eine Anzeige aufgeben – was hatte sie schon zu verlieren?

Laura legte die Fernbedienung auf die Sofalehne und nahm einen Stift und den kleinen Block vom Couchtisch.

Nilpferd sucht Tierpfleger zur weiteren Betreuung.

Nein, das würde wohl kaum einer verstehen. Vielleicht meldete sich dann wirklich ein Tierpfleger aus dem Duisburger Zoo. Grinsend strich Laura den Satz wieder durch.

Aber was sollte sie sonst schreiben? Die Wahrheit? Sie überlegte hin und her. Und schließlich hatte sie einen Einfall. *Wohlerzogene Sechzehnjährige sucht Eltern.*

Ja, das war's: kurz, nett, alles drin – und absolut gelogen. Ob sich jemand auf die Anzeige melden würde?

Mit einem seltsamen Kribbeln im Bauch stand sie auf und rief nach Amigo. Ohne Erfolg. Dabei war er doch eben noch im Wohnzimmer gewesen.

„Na komm schon, Dicker! Wir gehen raus!"

Nichts.

„Es gibt Futter!"

Das wirkte! Mühsam quälte sich Amigo unter dem Sofa hervor und schaute sie mit heraushängender Zunge an.

„Sorry, mein Freund! Ich musste dich leider anlügen. Ich hab nur ein bisschen frische Luft für dich."

Er folgte ihr aus dem Wohnzimmer. An der Garderobe bückte sie sich und leinte ihn an. Dann zog sie Jacke und Schuhe an, während Amigo enttäuscht den Schwanz sinken ließ.

Laura schnappte sich die Leine und zerrte ihn hinter sich her.

„Wer weiß?", dachte sie laut. „Vielleicht finden wir ja eine Familie für uns beide?"

Eine halbe Stunde später betraten sie zusammen die Schadow-Arkaden und fuhren mit dem Aufzug in den zweiten Stock, wo sich die Anzeigenannahme der *Rheinischen Post* befand.

Mit reichlich Herzklopfen drückte Laura die Glastür auf. Vier Leute standen hinter einer breiten Theke. Am sympathischsten erschien ihr ein kleiner Mann mit Halbglatze, der noch dicker war als sie. Er grüßte sie freundlich und las dann den Zettel, den Laura ihm rüberschob. Anschließend runzelte er die Stirn.

„Wohlerzogene Sechszehnjährige sucht Eltern", murmelte er. „Hm. Wo soll denn die Anzeige erscheinen? Unter der Rubrik *Haustiere* wäre sie ja wohl nicht ganz passend, oder?"

Laura war heilfroh, dass sie sich nicht für die Variante mit dem Nilpferd entschieden hatte.

„Gibt's denn nichts mit Menschen?", erkundigte sie sich.

„Na klar! *Er sucht sie, sie sucht ihn ...* aber doch nichts mit Kindern, die Eltern suchen!"

„Was für Rubriken gibt es denn noch?"

„Jede Menge", sagte der Mann. „*Autos, Immobilien, Hobby, Möbel, Urlaub, Dies und Das –*"

„Ja!", unterbrach Laura schnell. „Drucken Sie es doch unter *Dies und Das*!"

„Na schön."

Der Mann lächelte ihr zu, pflanzte sich hinter seinen Computer und haute ihren Text in die Tasten.

„Macht achtzehn Mark", sagte er dann und stand auf.

Laura kramte einen Zwanziger aus der Hosentasche.

„Viel Glück!", sagte der Mann, als er die Quittung und das Wechselgeld auf die Theke legte.

Laura nickte und ging.

Auf dem Weg nach draußen kam sie ins Grübeln. War das die größte Geldverschwendung ihres Lebens gewesen? Oder würde sich tatsächlich jemand auf die Anzeige melden? Wenn ja, dann hätte sie ein gutes Geschäft gemacht. Eine eigene Familie für achtzehn Mark – bessere Sonderangebote gab es nicht mal im Aldi ...

6. Kapitel

War Babysitting nicht der einfachste Job der Welt? Die kleine Adelheid strahlte zufrieden aus ihrem Kinderwagen. Ihre Eltern wollten, dass sie zumindest einmal am Tag an die frische Luft kam. Frisch war die Luft heute wirklich – kein Wunder bei zehn Grad unter null! Obwohl Magdalene so dick angezogen war, dass man sie fast mit Laura verwechseln konnte, war ihr eiskalt.

Die kleine Adelheid war die Tochter von Lillis bester Freundin. Magdalene hatte keine Ahnung, was Lilli über sie erzählt hatte, aber es musste etwas Gutes gewesen sein.

Gestern Abend hatte Magdalene zum ersten Mal mit ihrer zukünftigen Aupairfamilie telefoniert. Sie hatte sich vorher aufgeschrieben, was sie sagen wollte. Auf alles andere hatte sie mit einem freudigen „Oui, oui!" geantwortet. Offenbar musste sie nur noch einmal „Oui" sagen und hatte den Job.

Magdalene schob den Wagen etwas schneller. Sie wollte

im Eiltempo eine Runde durch den Park drehen und wieder zurück sein, bevor es anfing zu schneien.

Als hinter ihnen ein Hund bellte, gluckste Adelheid und zappelte mit den Armen.

Na, das Lachen wird ihr noch früh genug vergehen!, dachte Magdalene. Die Kleine wusste ja noch nicht, welch dämlichen Namen ihr ihre Eltern gegeben hatten. Wahrscheinlich würde sie später mal Hausfrau werden. Oder Lehrerin. So ein Name rächte sich immer.

Adelheid war das fröhlichste Kind, das Magdalene je gesehen hatte. Im Park strahlte sie die Bäume an und lachte über jedes Geräusch.

„Oh, là, là, ist das eine süße Baby!"

Warum grinste dieser Spinner so schwachsinnig in den Kinderwagen? Dem Akzent nach musste er Franzose sein.

„Wie alt ist denn die Baby?", fragte der Typ, der ihr nicht von der Seite wich.

Magdalene blieb stehen und nahm diesen Schwätzer genauer unter die Lupe. Er war so um die zwanzig, groß und schlaksig. Besonders gut sah er nicht aus, aber sein Lächeln war fast so süß wie das von Adelheid. Nur dass er mehr Zähne hatte.

„Acht Monate", sagte Magdalene.

„Oh! Und was machst du mit Baby?", erkundigte er sich.

„Spazieren gehen", antwortete Magdalene. „Im Park", fügte sie unnötigerweise hinzu.

„Das ist dein Schwisterschen?"

Schwisterschen! Was wollte der Typ eigentlich von ihr? Ein Buch über ihr Leben schreiben? Warum stellte er sonst so aufdringliche Fragen?

„Nein, das ist meine Tochter", antwortete sie.

Er nickte bloß. „Wirklisch süß", wiederholte er.

Plötzlich streckte ihr der Typ seine Hand entgegen.

„Isch bin Maurice", sagte er. „Isch kommen aus Pari."

Pari? Paris? PARIS?

Mit einem Schlag wurde ihr der Kerl sympathisch.

„Paris?", fragte Magdalene rasch nach. „Ist es dort wirklich so schön, wie man sagt?"

Maurice lächelte sie an, nahm ihre Hand und küsste sie. Verwirrt zog Magdalene sie weg.

„Ein wunderschones Stadt. Gaaans sauberaft. Warst du denn noch dort nischt?"

Sie schüttelte den Kopf.

„Ich fahre aber vielleicht bald hin", meinte sie vage.

„Wirklisch? Dann musst du kommen in die Fruhling. Pari ist wunderschon in die Fruhling."

Magdalene nickte. War vielleicht ganz gut, noch jemanden zu kennen in Paris.

„Ich bleibe vielleicht länger – um dort zu arbeiten. Ich will nämlich Model werden", erzählte sie.

„Oh, das ist gut. Isch fahren nach Ause in ein paar Tage. Fur die Weihnacht. Vielleischt, wenn du fahren schon dann, du kommen mit misch. Isch bin hier in Deutschland mit mein eigen Auto. Ist egal, wenn noch einer darin sitzt. Oder auch swei – wenn dein Tochter kommen mit. Nischt so langweilisch dann."

Adelheid krähte und schnappte nach dem Reißverschluss von Maurices Jacke. Magdalene hätte am liebsten das Gleiche getan, um den netten Franzosen festzuhalten. Oh Mann, das wär ja 'n Ding! Umsonst nach Paris!

„Äh – wann genau fährst du denn los?", erkundigte sich Magdalene.

„Oh, an Eilige Abend. Gans in die Fruh. Sonst isch komme nischt rechtseitisch zu die Baumschmucken."

115

Magdalene kicherte.

„Isch abe wieder Fehler gemacht, oui?"

„Äh nein, nein – kaum. Du sprichst schon ganz gut Deutsch."

„Oh nein. Isch bin schon seit eine Jahr ier su Studieren. Dafür meine Deutsch ist sehr schlescht."

Studieren? Seit einem Jahr? Und da redete er noch wie dieser Typ aus der Parfümwerbung?

„Hoffentlich studierst du nicht Deutsch", grinste Magdalene.

„Oh nein, nein", lachte Maurice. „Mathematik. Aber wir konnen auch spreschen Franzosisch. Wenn du willst arbeiten in Pari, du spreschen sischer sehr gut Franzosisch."

„Mein Französisch ist leider grauenhaft", gestand sie. „Ich muss noch viel üben. Alles, was ich sagen kann, ist: Ich bin Magdalene Dorner, wollen Sie mich fotografieren?"

Maurice lachte.

„Ein gutes Anfang", sagte er. Dann blickte er auf seine Armbanduhr. „Isch muss los. Ör mal, wir machen es so: Isch fahre mit mein Auto hier vor die Parkeingang. Wenn du nischt da bist an die Morgen von die Eilig Abend um sechs Uhr, dann isch fahre ohne disch, ja?"

Magdalene lächelte ihn an.

„Klingt gut", sagte sie. „Vielen Dank."

Er grinste. „Dann bis Samstag – oder nischt", sagte er, winkte Adelheid noch mal zu und ging zum Ausgang.

Magdalene sah ihm nach. Dann fiel ihr etwas ein.

„Maurice?", rief sie ihm nach.

Er drehte sich um.

„Das ist gar nicht meine Tochter."

Dann ging sie weiter.

„Magdalen?", rief Maurice.

116

Sie drehte sich wieder um.

„Isch abe disch auch keine Wort geglaubt!"

Magdalene winkte ihm hinterher und schob den Kinderwagen weiter.

„Was meinst du, Adelheid?", fragte sie in den Kinderwagen hinein. „Kann ich dem Typen trauen?"

Adelheid lachte über beide Backen und klatschte begeistert mit den Händchen.

„Okay, dann isch fahr mit Maurice nach Pari!"

7. Kapitel

Jasmin machte auf dem Absatz kehrt und ging in die andere Richtung. Sie wollte auf keinen Fall Scott begegnen. Und der kam ihr gerade auf dem Schulkorridor entgegen. Anscheinend versuchte er genauso verzweifelt, in Jasmins Nähe zu kommen, wie sie ihm ausweichen wollte.

Sie konnte ihm einfach nicht verzeihen, was er auf dem Weihnachtsmarkt über ihre Mutter gesagt hatte.

Natürlich, er hatte nicht gewusst, wer diese betrunkene Frau an dem Glühweinstand gewesen war. Trotzdem: Niemand durfte so über ihre Mutter reden. Niemand außer Jasmin selbst.

Felipe hatte das verstanden. Aber er hatte ihr auch geraten, nicht nachtragend zu sein.

„Klingt doch nach einem ganz netten Kerl", hatte er im Café gemeint, nachdem sie ihm alles über Scott erzählt hatte, was sie von ihm wusste.

Worauf Jasmin nur gebrummt hatte.

„Später findest du nie wieder so leicht gute Freunde wie in deiner Jugend", hatte Felipe dann wehleidig geseufzt.

Anschließend verriet er Jasmin, dass wieder mal eine Freundin mit ihm Schluss gemacht hatte. Und dass er seine Familie in Andalusien über Weihnachten nicht besuchen konnte, weil er das Geld für den Flug nicht zusammenkriegte.

„Kannst du mir nicht 'n bisschen Kohle pumpen?", hatte er Jasmin mit treuherzigem Blick aus braunen Dackelaugen scherzhaft gefragt.

Klar, wenn sie das Geld gehabt hätte, hätte sie es ihm geschenkt. Ihr Herz hatte er ja schon.

„Jasmin!"

Magdalene hatte ihr dermaßen ins Ohr gebrüllt, dass Jasmin tausend Glocken läuten hörte. Aber das passte ja zu Weihnachten.

„Kannst du mir jetzt endlich erklären, was das soll?", fragte Magdalene durch das Gebimmel hindurch.

„Was *was* soll?", fragte Jasmin zurück.

„Dass du jede Pause auf dem Schulgelände Haken schlägst wie ein verdammtes Karnickel."

„Ich will Scott nicht begegnen", erklärte sie knapp.

„Wie?", machte Magdalene verständnislos. „Vor ein paar Tagen war er doch noch cool und nett. Und jetzt?"

„Jetzt nicht mehr."

„Hab ich da irgendwas verpasst?", erkundigte sich Magdalene neugierig.

„Nein", sagte Jasmin schnell.

Zum Glück gongte es in diesem Moment. Sie mussten zurück in die Klasse. Letzte Stunde. Englisch. Eigentlich Magdalenes Lieblingsfach. Trotzdem fand sie ein anderes Thema spannender: Scott. Sie löcherte Jasmin mit Fragen.

118

Doch die ging nicht darauf ein, sondern tat so, als würde sie sich für die neuen Vokabeln an der Tafel interessieren.

Gegen Ende der Stunde flüsterte Magdalene: „Und was machst du, wenn er nach der Schule auf dich wartet?"

Scheiße! Daran hatte Jasmin noch gar nicht gedacht. Aber Scott hatte eine Stunde vor ihr Schluss. So lange würde er sicher nicht warten. Oder?

Draußen auf dem Schulhof traf Jasmin fast der Schlag. Scott hatte nicht nur auf sie gewartet – er hielt auch noch eine Rose in der Hand. Eine riesige, rote Rose!

„Hey, super!", rief Magdalene lachend aus. „Die hat ja die gleiche Farbe wie dein Gesicht, Jasmin!"

Dafür bekam Magdalene von ihrer Freundin einen Boxhieb in die Seite verpasst. Jasmin hielt die Faust immer noch geballt, als sie wütend auf Scott zumarschierte.

„Was soll der Scheiß?", fauchte sie ihn an. „Musst du mich auch noch in Verlegenheit bringen, nachdem du mich schon beleidigt hast?"

Scott sah aus wie ein begossener Pudel.

„Ich wusste doch nicht, dass es deine Mutter war", murmelte er. „Und du hast auch nichts gesagt. Warum bist du denn nicht zu ihr gegangen?"

Erst wollte sie überhaupt nicht darauf antworten. Doch irgendwas in Scotts Augen signalisierte ihr, dass sie ruhig mit ihm über ihre Mutter reden konnte.

„War mir wohl peinlich", gestand sie ihm kleinlaut.

Scott grinste. „Mann, kennst du irgendjemanden, dem seine Eltern nicht peinlich sind? Also, meine würde ich am liebsten gar nicht aus der Wohnung lassen. Meine Mutter zieht sich an, als hätte sie die Figur von Cindy Crawford. Dabei sieht sie aus wie die Zwillingsschwester von Otfried Fischer. Mein Vater sammelt Spielzeugeisenbahnen –"

„Schon gut, schon gut", unterbrach Jasmin den Rede-schwall. „Ist die für mich?" Sie deutete auf die Rose, die Scott verlegen in der Hand drehte.

Er nickte und streckte ihr linkisch die Blume entgegen.

Jasmin rupfte sie ihm ebenso verlegen aus der Hand.

„Soll das jetzt so 'n Liebesding sein?", fragte sie.

Scott schüttelte den Kopf. „Nö. Ich dachte, du wärst Vege-tarierin und hättest vielleicht Hunger."

Lachend schnupperte Jasmin an der Rose.

„Darf ich dem jungen Paar als Erste gratulieren?", ertön-te Magdalenes Stimme hinter ihr. „Ich habe leider keinen Reis dabei, mit dem ich euch bewerfen könnte. Aber wenn's eine Banane auch tut, schmeiß ich euch die gerne an den Kopf."

Jasmin war überrascht, dass sich Magdalene noch nicht zur Haltestelle verzogen hatte. Zu dritt machten sie sich nun auf den Weg dorthin. Magdalene quasselte und quas-selte. Vielleicht hörte Scott ihr ja zu – Jasmin nicht.

Ja, Scott war wirklich nett. Und er sah gut aus. Gestern Abend vor dem Einschlafen hatte Jasmin an ihn gedacht. Doch dabei war etwas Seltsames passiert: Als sie sich sein Gesicht vorstellte, veränderte es sich. Seine Haare wurden schwarz, er wuchs um zwanzig Zentimeter, bekam Bart-stoppeln und braune Dackelaugen.

Felipe!

Auch jetzt, während Jasmin neben Scott in der Straßen-bahn saß, sah sie Felipe vor sich. Felipe, wie er ihr gegen-über im Café saß und ihr zuhörte. Felipe, wie er in sein Auto stieg. Felipe, wie er versuchte, Amigo zu dressieren, und dabei selbst ständig Pfote gab.

Verdammt!

„Wir sind da!"

Magdalene stupste Jasmin an. Sie zuckte zusammen und stieg mit den beiden aus.

„Bis morgen!", sagte Scott.

„Ciao!", rief Magdalene.

Jasmin murmelte auch irgendetwas und zückte den Schlüssel. Kurz darauf schloss sie die Haustür auf. Im Treppenhaus sah sie wieder Felipe vor sich. Diesmal allerdings live. Er kam eben aus der Betreuerwohnung.

„Hi", sagte er grinsend. „Von wem stammt die denn?" Er deutete auf die Rose.

„Von Scott", erklärte Magdalene, ehe Jasmin irgendwas von wegen Werbegeschenk oder so erfinden konnte. Jasmin hätte Magdalene am liebsten erwürgt!

„Oh", machte Felipe. „Muss ich eifersüchtig sein?"

Kichernd verschwand er die Treppe hinunter. Jasmin schaute ihm hinterher. Gab es denn gar nichts an ihm, das sie nicht leiden konnte? Seine Schuhe? Sein Haar? Seine Witze? Die Art, wie er redete oder sich bewegte?

Nein, sie liebte wirklich alles an ihm. Obwohl sie null Chancen bei ihm hatte!

Nachdenklich stieg sie die Stufen empor. Solange sie Felipe Tag für Tag über den Weg lief, würde sie nie von dieser schrecklichen Krankheit geheilt werden. Sie musste so bald wie möglich zu ihrer Mutter ziehen, jawohl! Dann würde sie Felipe auch schnell vergessen. Aus den Augen, aus dem Sinn. Und viel Sinn hatte die Sache ohnehin nicht.

18. Kapitel

Laura hüpfte wie eine Wahnsinnige im Wohnzimmer herum und wedelte mit einem weißen Briefumschlag. Das war der glücklichste Tag ihres Lebens!

„Worüber freust du dich denn so?", fragte Jasmin verständnislos. „Will dich das Gesundheitsamt gratis gegen Tollwut impfen lassen?"

Lachend schüttelte Laura den Kopf und hüpfte weiter durchs Wohnzimmer. Sie war viel zu happy, um sich durch Jasmins Sticheleien ärgern zu lassen.

„Oder gibt's 'ne neue Diät, bei der man so viel futtern darf, wie man will?", fragte Jasmin weiter.

Wieder schüttelte Laura den Kopf.

„Besser, viel, viel besser!", rief sie aufgeregt. „Ich hab eine Antwort! Eine richtige, echte Antwort! Von Leuten, die mich haben wollen!"

Ein verständnisloses Stirnrunzeln war Jasmins einzige Reaktion. Wie hätte sie auch ahnen können, warum Laura schier außer sich war. Laura zögerte, es ihr zu verraten. Würde Jasmin sie überhaupt verstehen? Schließlich hatte Jasmin ja eine Mutter. Also wusste sie nicht, was es für ein Waisenkind wie Laura bedeutete, dass jemand sie kennen lernen wollte, um sie vielleicht zu adoptieren.

Überglücklich hielt sie Jasmin den Umschlag unter die Nase. Die riss ihn an sich, zog den Brief heraus und las ihn laut vor.

„Liebes wohlerzogenes Mädchen! Wir haben deine ungewöhnliche Annonce in der Rheinischen Post gelesen und wür-

122

den dich gerne mal kennen lernen. Ich bin Hausfrau, und mein Mann ist leitender Angestellter einer Bank. Wir würden uns freuen, dich zu treffen. Wie wäre es am Dienstag, dem zweiundzwanzigsten Dezember, um fünfzehn Uhr in der Kunsthalle?"

Jasmin hob den Kopf. „Das ist ja heute!"

„Ja, ja!", frohlockte Laura.

„In anderthalb Stunden", sagte Jasmin nach einem Blick auf ihre Uhr.

Während Laura wieder kichernd durchs Wohnzimmer hopste, las Jasmin weiter.

„Du erkennst uns daran, dass wir beide schwarze Mäntel tragen und eine Ausgabe der Rheinischen Post dabeihaben. Mit freundlichen Grüßen – Ehepaar Streif."

Kopfschüttelnd ließ Jasmin den Brief sinken. „Kannst du mir bitte mal erklären, was das soll? Findet gleich im Museum eine Drogenübergabe statt?"

„Nein, eine Tochterübergabe – falls die sich nicht bei meinem Anblick übergeben!", sagte Laura.

„Nun verrat mir endlich, was das Ganze soll!", drängte Jasmin ungeduldig. „Ich versteh kein Wort!"

Da setzte sich Laura auf die Sofalehne, holte tief Luft und erzählte von der Sendung, in der Tiere ein Zuhause suchen. Und von ihrer Idee mit der Anzeige.

„Das findest du doch bestimmt zum Totlachen, oder?", fragte sie Jasmin.

„Nein", erwiderte diese ernsthaft. „Ich wünsch dir viel Glück, ehrlich!" Sie legte Laura eine Hand auf die Schulter.

„Ich muss mich jetzt fertig machen", sagte Laura schnell und stand auf, weil ihr Tränen in die Augen stiegen. Sie wusste selbst nicht, warum. Und darum wollte sie auch nicht, dass Jasmin sie nach dem Grund fragte.

Sie verschwand erst ins Bad und dann in ihr Zimmer. Das Anziehen dauerte diesmal viel länger als sonst, weil Laura nicht in ihren üblichen Schlabberklamotten im Museum aufkreuzen wollte. Wahrscheinlich hätte Jasmin sie gar nicht erkannt, wenn sie ihrer Mitbewohnerin eine Stunde später auf der Straße begegnet wäre. War das wirklich Laura, diese gepflegte junge Dame in schwarzer Hose, weißer Bluse und dem langen, grauen Mantel (ausgeliehen von Magdalene, die allerdings noch nichts davon wusste)?

Obwohl es nicht ganz so kalt war wie gestern, zitterten Lauras Knie, als sie in der Altstadt aus der Straßenbahn stieg und zum Museum ging. Warum war sie denn so verdammt nervös? Die Streifs würden sie schon nicht beißen. Vielleicht hatten sie nicht mal die passenden Zähne dafür. Von ihrem Alter war im Brief keine Rede gewesen. Aber Laura war es eigentlich egal, ob sie neue Eltern oder Großeltern bekam. Hauptsache eine Familie!

Aufgeregt betrat sie das Museum. Offenbar erledigten die Leute lieber ihre Weihnachtseinkäufe, als sich abstrakte Kunst anzusehen. Hier war es ja menschenleer! Das Ehepaar Streif hätte auf die schwarzen Mäntel und die *Rheinische Post* ruhig verzichten können. Außer ihnen und Laura und der Frau an der Kasse war weit und breit niemand zu sehen.

Laura ging auf das Ehepaar zu, das ihr freundlich zulächelte.

„Guten Tag", sagte sie höflich und bemühte sich, klar und deutlich zu sprechen. „Ich bin Laura. Sind Sie das Ehepaar Streif?"

Die beiden nickten gleichzeitig und musterten Laura dann von oben bis unten. Laura musterte zurück. Frau Streif trug unter dem Mantel ein dunkelbraunes Kostüm.

Ihr Haar war im Nacken zu einer üppigen Welle geformt, und auf ihrer Nase saß eine Brille mit runden Gläsern.

Herrn Streifs Brille war aus Horn und ziemlich groß. Er trug einen dunkelblauen Anzug mit passender Krawatte.

Oh Mann, dachte Laura! Warum hießen die beiden eigentlich Streif und nicht Steif?

Die beiden schüttelten ihr die Hand.

„Was für eine elegante Bluse", meinte Frau Streif anerkennend. „Man trifft heute ja so selten junge Leute, die sich zu kleiden wissen."

Die Sprache passte zu ihrer Frisur, fand Laura.

Sie hatte erwartet, dass sie und die Streifs sich nur im Museum treffen würden, um dann in irgendein Café zu verschwinden. Aber nein: Die beiden wollten sich tatsächlich die Bilder anschauen. Laura machte gute Miene zum langweiligen Spiel und folgte den Streifs von Kunstwerk zu Kunstwerk.

Fast eine Stunde lang musste sich Laura Kommentare anhören wie „Man kann die Verzweiflung des Künstlers förmlich riechen, wenn man so in unmittelbarer Nähe vor seinem Werk steht". Alles, was Laura roch, war Ölfarbe.

„Welche Motive mögen den Künstler geleitet haben, als er das Rot so plakativ in die Mitte der Leinwand setzte?" Laura hatte da so eine Ahnung. Vermutlich waren ihm bis auf Rot sämtliche Farben ausgegangen.

Das Einzige allerdings, was sie hören ließ, waren einige Hms und Mhms und Phrasen wie „Ja, das seh ich auch so".

Endlich hatten die Streifs genug von den Farbklecksen und -strichen. Der gemütliche Teil konnte beginnen: im Café gegenüber. Laura hätte für ihr Leben gern Kaffee bestellt, aber irgendwie hatte sie das Gefühl, dass das bei ihren zukünftigen Eltern nicht gut ankommen würde.

„Eine Tasse schwarzen Tee, bitte!", sagte sie lächelnd zum Kellner.

„Oh, da wollen wir uns mal anschließen", meinte Frau Streif begeistert.

Volltreffer!

„Also: Du hast sicher eine ganze Menge Fragen an uns." Herr Streif lehnte sich zurück und schaute Laura erwartungsvoll an. „Schieß mal los!"

Fragen? Was denn für Fragen? Ach ja, klar: Darf ich Ihre Tochter sein?

„Wo wohnen Sie denn?", fragte sie stattdessen.

„In Oberkassel."

Wow! Gute Gegend, teure Gegend.

„Wie hübsch", meinte Laura. Und weil ihr nichts mehr einfiel, ging sie zum Angriff über: „Haben Sie denn keine Fragen an *mich*?"

Die Streifs nickten einander zu, ehe Herr Streif das Wort ergriff: „Du rauchst und trinkst doch nicht, oder?"

Geschockt riss Laura den Mund auf.

„Großer Gott – natürlich nicht!", rief sie empört. Die eine oder andere Zigarette, die sie schon mal mit ihren Freundinnen nach der Schule gequalmt hatte, konnte doch nicht wirklich schädlich sein. Vor allem deshalb nicht, weil sie ihr niemand nachweisen konnte. Hoffentlich bestanden die Streifs nicht darauf, ihre Freundinnen zu befragen.

„Entschuldige", winkte Herr Streif schnell ab. „Wir wollten dich nicht beleidigen."

Frau Streif nickte und legte ihre Hand auf Lauras Arm.

„Wir wussten es eigentlich schon, als wir dich sahen", versicherte sie Laura. „Du hast vermutlich auch Empfehlungsschreiben – von Heimleitern, Pflegeeltern oder deinen Sozialbetreuern."

Was für'n Scheiß?

„Natürlich!", beruhigte Laura die Streifs.

„Es ist nämlich höchst ungewöhnlich, wie du dich selbst auf die Suche nach Pflegeeltern gemacht hast. Das wurde doch sicher von entsprechender Stelle abgesegnet, nicht wahr?"

Laura nickte, worauf die Streifs einen erleichterten Blick wechselten.

„Ausgezeichnet, ausgezeichnet", sagte Herr Streif. „Wir haben auch schon so eine Art Plan ausgearbeitet für unser späteres Zusammenleben."

Einen was?

„Du musst nämlich wissen, dass wir schon seit Jahren nach einem passenden Kind suchen, um unser Familienglück zu komplettieren."

Wie redeten sie bloß? Hatten die etwa einen Stock verschluckt? Na, Laura würde ihnen schon noch das Fluchen beibringen. Mit ein paar fetten MTV-Videos würde sich ihr Wortschatz auch etwas entstauben lassen.

„Dinge wie fixe Fernsehzeiten ..."

Leb wohl, MTV!

„... oder Schlafenszeit oder wann und wie lange wir ausgehen."

Wir? Die redeten doch mit Sicherheit nicht von sich. Hier ging es darum, Laura an die Leine zu legen. Aber denen würde sie es schon noch zeigen, wie man gleichzeitig ungehorsam und liebenswert sein konnte! Das hatte sie von Amigo gelernt. Wuff!

„Leider hatten wir Probleme mit unseren drei bisherigen Pflegekindern", erklärte Herr Streif. „Um ehrlich zu sein: Schon nach wenigen Monaten sind wir im Streit auseinander gegangen."

Mir kommen die Tränen!, dachte Laura.

„Das tut mir Leid", heuchelte sie. „Und was waren die Steine des Anstoßes?"

Toller Ausdruck! Es lohnte also doch, sich einmal pro Woche einen Hollywood-Schmachtfetzen über den britischen Hochadel reinzuziehen!

„Ach, anfangs waren alle immer sehr höflich und freundlich und schienen sich bei uns sehr gut einzuleben", erzählte Frau Streif. „Aber dann, als wir überzeugt waren, wir hätten ein solides Gebäude für unsere gemeinsame Zukunft aufgebaut – na ja, wie soll ich es ausdrücken? Irgendwann dachten sie dann wohl, dass sie sich uns gegenüber alles herausnehmen dürften."

Komisch, wie war das nur möglich? Laura unterdrückte krampfhaft ein Grinsen. Offenbar waren die anderen miese Schauspielerinnen gewesen. Sie würde garantiert nicht den gleichen Fehler machen, oh nein! Aber sie durfte nicht eine Sekunde länger hier bleiben, sonst würde sie einen schrecklichen Lachkrampf bekommen.

„Ich muss jetzt leider zurück zu meinen Hausaufgaben", sagte sie höflich nach einem Blick auf die Uhr. „Und ich fürchte, dass mein Zimmer auch mal wieder aufgeräumt werden sollte. Das habe ich seit zwei Tagen nicht mehr gemacht. Die Bücher stapeln sich schon bis zur Decke."

Der gerührte Blick, den Herr und Frau Streif sich zuwarfen, entging ihr nicht.

Laura kramte in ihrer Tasche und zog ihr Portmonee hervor.

„Nicht doch", winkte Herr Streif schnell ab. „Du bist natürlich unser Gast."

Höflich bedankte sich Laura, während die beiden wieder Blicke wechselten. Frau Streif nickte.

„Wir würden dich gerne zu uns einladen", sagte Herr Streif und reichte Laura seine Visitenkarte. „Möchtest du vielleicht Heiligabend bei uns verbringen?"

Na also, es ging doch!

„Das wäre wirklich wunderschön", sagte sie getragen. „Wenn ich Sie nicht störe."

Beide winkten ab und verabschiedeten sich herzlich von Laura.

Sie schüttelte ihre Hände und meinte höflich: „Ich freue mich schon sehr darauf, Sie wiederzusehen!"

Aber um euch zu ertragen, muss ein dreistelliges Taschengeld drin sein!, fügte sie in Gedanken hinzu.

9. Kapitel

Nicoles Herz klopfte bis zum Hals. Seit einem halben Jahr wartete sie nun schon auf diesen Tag. Und jetzt, wo er da war, hätte sie sich am liebsten unter Magdalenes Bett verkrochen und wäre nie mehr rausgekommen. Was, wenn alles schief ging? Was, wenn ihr Vater inzwischen doch nicht mehr nach Kanada wollte? Was, wenn vor dem Gefängnis schon die Heimbetreuer aus Münster auf sie warteten?

Sie atmete tief durch, stand von ihrer Luftmatratze auf und ging in den Flur. In Zeitlupe zog sie ihre Stiefel und die Jacke an. Sie hatte doch gar keine andere Wahl, als es zu versuchen. In der WG konnte sie sich nicht ewig verstecken. Jasmin, Laura und Magdalene hatten ihr viel Glück gewünscht, ehe sie vorhin zur Schule gegangen waren. Klar, das hatten sie ehrlich gemeint! Aber gleichzeitig waren die drei bestimmt ganz froh, dass sie sich endlich aus dem Staub machte. Immerhin riskierten sie, selbst wieder ins Heim zu kommen, wenn die Sache aufflog.

Schon an der Haltestelle schaute sich Nicole nach Leuten um, die irgendwie nach Jugendamt aussahen. Vielleicht war man ihr schon dicht auf den Fersen. Nicole fühlte sich wie in einem Krimi. Besonders schön war dieses Gefühl jedoch nicht.

Eine Viertelstunde später stand sie vor dem Gefängnis. Wie oft hatte sie schon von diesem Moment geträumt! Doch in keinem der Träume hatte es so heftig geregnet wie jetzt.

Zum Glück ließ ihr Vater sie nicht warten. Pünktlich um neun verließ er das Gefängnis, eine Reisetasche in der einen und zwei Plastiktüten in der anderen Hand. Kaum hatte sich die Tür hinter ihm geschlossen, stellte er die Sachen ab und holte eine Zigarettenschachtel aus seinem Mantel. Warum schaute er sich nicht nach ihr um? Nicole hatte ihm doch versprochen, dass sie ihn abholen würde.

Er bemerkte sie erst, als er mit der brennenden Zigarette im Mund nach seinen Sachen griff. Nicht die Spur von einem Begrüßungslächeln. Auch sonst keinerlei Regung. Wusste er nicht mehr, wer sie war? Irgendwie wirkte er genauso ängstlich, wie Nicole sich fühlte. Und mit plötzlichem Unbehagen musste sie sich eingestehen, dass sie diesen Mann, der jetzt vor ihr stand und sie irgendwie ratlos ansah, eigentlich gar nicht kannte. Das war ihr Vater?

Nicole schluckte. Sie wusste nicht, was sie sagen sollte. Wie idiotisch ihr mit einem Schlag die Idee mit dem Auswandern erschien! Das war doch totaler Schwachsinn! Was wollten sie denn in Kanada? Wie war sie auf den blödsinnigen Gedanken verfallen, dass ausgerechnet jenes Land am anderen Ende der Welt auf sie und diesen dünnen, unsicheren Mann warten würde? Was sollte dort denn anders laufen als hier?

„Alles klar?", meinte ihr Vater zur Begrüßung.

Nicole nickte. „Und bei dir?"

„Hm, fühl mich ganz gut", sagte er. „Abgesehen vom Regen." Er ließ die nasse Zigarette aus seinem Mund fallen. „Hast du keinen Schirm?"

„Nein."

„Bringst du mich ins Hotel?", fragte er.

„Ja."

Nicole nahm ihm die Plastiktüten ab und ging voran zur Haltestelle. In der Straßenbahn redeten sie hauptsächlich übers Wetter.

Das Hotel entpuppte sich als klein und schäbig – vermutlich die billigste Absteige in ganz Düsseldorf. Als der Portier den Schlüssel rausrückte, warf er Nicole einen misstrauischen Blick zu.

„Wissen deine Kumpels, wo du wohnst?", fragte Nicole, als sie oben im Zimmer angekommen waren.

„Nein, keiner weiß, dass ich hier bin", behauptete ihr Vater, der so erschöpft aufs Bett gefallen war, als hätte er eine endlose Reise hinter sich. Na ja, im Grunde hatte er das ja auch tatsächlich.

Nicole wollte sich auf einem schäbigen Sessel niederlassen, der aussah, als hätte er schon mehrere Weltkriege überstanden, allerdings nicht ohne schwere Verwundungen. Doch da klopfte es an die Tür. Wer mochte das sein? Hier gab es bestimmt keine Kellner, die einem Lachs und Champagner aufs Zimmer servierten.

Neugierig öffnete sie die Tür. Ein kleiner Dickwanst mit Dreitagebart spazierte an ihr vorbei, ohne sie eines Blickes zu würdigen, und begrüßte ihren Vater.

„Willkommen in der Freiheit!", rief er und schüttelte ihrem Vater die Hand. „Na, alles gut überstanden?"

„Tag, Charly!" Nicoles Vater hatte sich vom Bett erhoben. „Was machst du denn hier?"

„Keine Angst, ich hau sofort wieder ab!" Sein Blick fiel auf Nicole. „Will ja nicht stören. Aber ist die Kleine nicht ein bisschen jung? Wusste gar nicht, dass du auf so was stehst, Willy."

„Halt die Schnauze!", brummte Nicoles Vater. „Das ist meine Tochter Nicole."

„Entschuldige!", sagte der Dicke schnell und streckte Nicole die Hand hin. „Du kannst mich Charly nennen."

„Wer sind Sie?", fragte Nicole und verschränkte demonstrativ die Arme. „Und woher wissen Sie, dass mein Vater hier ist?"

„Woher wohl?" Der Dicke kicherte. „Ich bin Hellseher. Im Nebenberuf."

„Und was ist Ihr Hauptberuf?"

Da wandte sich Charly an ihren Vater und beschwerte sich: „Ist das hier 'n Kreuzverhör? Ich dachte, wir haben was Wichtiges zu besprechen."

„Später", murmelte Nicoles Vater, worauf sein Kumpel ihr kurz zunickte und dann verschwand.

Ihr Vater ließ sich wieder aufs Bett fallen, schloss die Augen und stieß einen tiefen Seufzer aus. Wenn er dachte, dass ihn Nicole nun in Ruhe lassen würde, hatte er sich schwer getäuscht.

„Niemand weiß also, wo du bist, ja?", fing sie an.

Ihr Vater verzog nur das Gesicht, sagte aber kein Wort.

„Es bleibt doch bei Kanada, oder?", erkundigte Nicole sich vorsichtig und hoffte, dass ihr Vater Nein sagen würde. Die Reise war ohnehin gestorben.

„Natürlich!" Ihr Vater grinste sie an. Ein besonders guter Lügner war er noch nie gewesen. Und im Gefängnis hatte er in dieser Hinsicht anscheinend nichts dazugelernt.

Nicole wollte nur noch weg.

„Hier, ich hab dir was zum Lesen mitgebracht", sagte sie und warf den Reiseführer aufs Bett. Mehr als dieses Buch würden sie und ihr Vater nie von Kanada zu sehen kriegen.

„Ich muss los!" Sie ging zur Tür und drehte sich noch mal kurz um. „Ich ruf dich an, okay?"

„Hm, hm", machte ihr Vater und winkte ihr zu. Irgendwie idiotisch, diese Geste! Schließlich trennten sie nur drei Meter.

Nicole machte die Tür hinter sich zu und ging den Flur entlang auf die Treppen zu.

Eins war klar: Weihnachten würde sie bestimmt nicht in Kanada feiern. Fragte sich nur, ob sie darüber froh oder traurig sein sollte ...

0. Kapitel

„Jasmin! Besuch für dich!", brüllte Laura durch die ganze Wohnung.

Erstaunt rappelte Jasmin sich vom Sofa auf. Wer sollte das denn sein? Jasmin hatte keine Freundinnen, die einfach so mal bei ihr reinschneiten. Eigentlich hatte sie auch keine Freundinnen, die vorher anriefen und dann reinschneiten.

Sie schlüpfte in ihre Hausschuhe und marschierte in den Flur.

Laura kam ihr entgegen.

„Brad Pitt steht vor der Tür!", zischte sie ihr zu. „Für einen, der aussieht wie ein Schauspieler, ist er allerdings ganz schön von der Rolle."

Laura hatte Recht. In letzter Zeit hatte Scott anscheinend ein neues Hobby: Er imitierte Hunde. Mit Vorliebe begossene Pudel.

„Hi", begrüßte Jasmin ihn. „Was gibt's denn?"

Scott trat von einem Bein aufs andere.

„Na ja, du bist am Montag so schnell verschwunden. Und in der Schule haben wir ja auch kaum geredet. Und morgen ist schon Freitag, dann seh ich dich wieder bis nächsten Montag nicht. Da dachte ich ... äh, ich meine, dass du vielleicht doch noch böse auf mich bist. Und da wollte ich dich mal fragen –" Zum ersten Mal sah er auf und Jasmin in die Augen. „Bist du noch böse auf mich?"

Jasmin lachte.

„Nein", sagte sie schnell. „War's das?"

„Ja. Ich meine, nein. Ich weiß nicht so recht. Können wir nicht zusammen was unternehmen?"

Eigentlich hatte Jasmin nicht die geringste Lust dazu. Sie hatte diesen Nachmittag schon was vor: fernsehen, leise Chips kauen, damit Laura es nicht hörte, und krampfhaft versuchen, wach zu bleiben, bis es Zeit war, ins Bett zu gehen. Aber Scott tat ihr irgendwie Leid. Warum musste sich der arme Kerl ausgerechnet in sie verlieben? In Düsseldorf wimmelte es doch nur so von netten Mädchen.

Aber das mit der Liebe konnte man sich ja leider nicht selbst aussuchen. Das wusste Jasmin nur allzu gut. Wenn sie etwas dagegen hätte tun können, hätte sie sich bestimmt nicht ausgerechnet in Felipe verguckt.

„Wir könnten zu meiner Mutter gehen", schlug Jasmin zu ihrer eigenen Überraschung vor.

„Zu deiner Mutter?", wiederholte Scott.

„Dann siehst du mal, wie sie sonst so drauf ist", erklärte Jasmin. Wollte sie das wirklich? Was, wenn ihre Mutter die Tür aufmachte und ihnen vor die Füße kotzte oder lallend fragte, wer sie denn eigentlich sei?

Um ganz ehrlich zu sein – und das war Jasmin selten genug –, wollte sie Scott auch deshalb mitnehmen, weil sie sich nicht allein zu ihrer Mutter traute.

Ja, sie wollte zu ihr ziehen. Sie wollte, dass sie aufhörte zu trinken. Aber wenn sie feststellte, dass alles beim Alten war und ihre Träume den Bach runtergingen, dann sollte schon jemand dabei sein. Wenigstens, damit Jasmin sich zusammenriss und nicht völlig durchdrehte.

„Ich geh zu meiner Mutter!", rief sie Laura zu, schlüpfte in ihre Stiefel, schnappte sich ihre Jacke und war schon zur Tür draußen, ehe sie es sich anders überlegen konnte.

In der Straßenbahn erzählte Scott noch mal von seinen nervigen Eltern. Jasmin war froh, dass er redete. Sie hätte auch gerne zugehört, aber sie war zu sehr damit beschäftigt, sich die schlimmsten Horrorszenarien auszumalen. Die schwachsinnigsten Vorstellungen gingen ihr durch den Kopf. Ihre Mutter, die sich völlig betrunken an Scott ranmachte. Scott, der darauf einging und schließlich ihr Stiefvater wurde. Eine Wohnung, die bis oben hin mit leeren Flaschen gefüllt war.

Dann standen sie vor dem Haus, und Jasmin drückte mit zitternder Hand die Klingel. Was für ein beknackter Einfall, hierher zu kommen! Aber vielleicht war ihre Mutter ja gar nicht da. Vielleicht war sie irgendwo einkaufen. Oder auf Sauftour. Oder schlief ihren Rausch aus und hörte die Klingel nicht.

„Ja?", tönte es aus der Sprechanlage.

„Jasmin – deine Tochter!"

Konnte ja sein, dass ihre Mutter gerade einen Blackout hatte und sich nicht an Jasmins Namen erinnerte. „Kann ich raufkommen? Ich hab einen Freund mitgebracht."

„Ja, sicher!"

Wie hatte sich dieses „Ja, sicher!" angehört? Entsetzt? Erfreut? Überrascht? Oder eher wie der Hinweis „Geht ganz langsam die Treppen rauf, ich muss noch aufräumen und was anziehen"?

Sicher ist sicher, dachte Jasmin. Scott hielt ihr die Haustür auf. In Zeitlupe schob sie sich an ihm vorbei.

Dann die erste Stufe. Jasmin bewegte sich wie eine Schildkröte.

„Hast du einen Krampf im Bein?", wunderte sich Scott.

„Wie läuft's bei dir eigentlich in Mathe?", erkundigte sie sich schnell, ohne auf seine Frage einzugehen.

„Ganz gut", meinte Scott überrascht. „Wieso?"

„Nur so."

Jasmin hob vorsichtig das andere Bein, um es auf die zweite Stufe zu stellen. Wenn sie in dem Tempo weitermachte, hatte ihre Mutter noch genug Zeit, um die Wohnung neu zu tapezieren.

„Und in Englisch?", fragte sie weiter.

Ehe Scott darauf antworten konnte, rief ihre Mutter von oben: „Wo bleibt ihr denn?"

„Wir kommen schon!", rief Scott, drängte sich an Jasmin vorbei und stapfte in den dritten Stock.

Jasmin beeilte sich, hinterherzukommen. Als sie oben war, schüttelte Scott schon die Hand ihrer Mutter.

„Das ... das ist Scott", schnaufte Jasmin.

„Weiß ich schon. Wir haben uns gerade vorgestellt", sagte ihre Mutter, kam auf sie zu und umarmte sie. Sie roch nach Haarshampoo und Deodorant.

Jasmin atmete erleichtert auf. Ihre Mutter war nüchtern, gewaschen und –

„Dürfen wir reinkommen?", fragte Scott und lächelte Jasmins Mutter an.

Sie strahlte zurück, und es sah plötzlich so aus, als ob sich die beiden schon ewig kennen würden.

Verwirrt stolperte Jasmin hinter Scott in die Wohnung. Alles war sauber und aufgeräumt. Nichts deutete darauf hin, dass hier vor kurzem irgendwelche Saufgelage stattgefunden hatten.

Scott und sie setzten sich an den Küchentisch, während ihre Mutter Tee kochte.

Anscheinend fühlte sich Scott sehr wohl in seiner Haut. Vermutlich hatte er sich auch selbst schon einige Horrorszenen ausgemalt und war heilfroh, dass sie nicht eingetreten waren. Bis jetzt jedenfalls.

„Verbringt ihr Weihnachten eigentlich hier zusammen?", erkundigte sich Scott.

„Natürlich feiern wir hier!", antwortete Jasmins Mutter an ihrer Stelle. „Mit Weihnachtsbaum und allem Drum und Dran. Stimmt's, Jasmin?"

Jasmin traute ihren Ohren kaum. Zog ihre Mutter da eine Show für Scott ab, oder meinte sie das etwa ernst? Sie hatten bisher noch nicht mal darüber gesprochen, ob sie gemeinsam feiern würden.

„Äh – klar", sagte Jasmin.

Ihre Mutter stellte die Tassen auf den Tisch und setzte sich.

„Ich hab schon jede Menge Christbaumschmuck gekauft, und wenn du mir hilfst, kriegen wir sicher auch ein paar Plätzchen zu Stande."

Christbaumschmuck gekauft? Wann denn? Auf dem

Weihnachtsmarkt, als sie völlig besoffen an einer Glüh-
weinbude lehnte und mit glasigen Augen in ihren Pappbe-
cher stierte? Vielleicht hatten ihr ja andere Budenbesitzer
das Glitzerzeug nachgeschmissen, damit sie abhaute und
ihnen die Kunden nicht vertrieb.

„Toll!", sagte Jasmin mit gespielter Begeisterung. „Das
wird schön."

„Ich weiß schon, was bei uns unterm Baum liegen wird",
meinte Scott. „Ein paar Tunnels, einige Häuser und jede
Menge Schienen."

Jasmin und ihre Mutter starrten ihn verständnislos an.

„Mein Vater sammelt Spielzeugeisenbahnen", erklärte
Scott grinsend. „Er hat eine im Keller, die inzwischen mindestens so verzweigt ist wie das echte Eisenbahnnetz. Allerdings gibt er nicht zu, dass er die Dinger sammelt. Offiziell
gehört die Bahn mir. Darum bekomme ich zum Geburtstag
und zu Weihnachten immer neue Teile, die mein Vater
dann netterweise für mich einbaut."

„Ach du Schande!", rief Jasmin aus. „Seit wann geht das
schon so?"

„Seit meinem achten Geburtstag. Da bekam ich die erste
Lok und einen Schienenkreis."

„Und du hast dich nie dafür interessiert?", fragte Jasmins
Mutter mitleidig.

„Am Anfang ein bisschen", gab Scott zu. „Da hab ich einen Plastiktunnel mit Moos und Bäumen und kleinen Gämsen beklebt –" Er stockte.

„Und dann?", fragte Jasmin.

„Dabei hab ich wohl irgendwie zu viele Gämsen erwischt.
Am Ende waren es mehr als Bäume. Mein Vater ist ausgerastet, hat alles wieder abgepflückt und neu aufgebaut. Ich
durfte nie wieder was anfassen."

Jasmins Mutter nickte. „Ein traumatisches Erlebnis", erklärte sie fachmännisch. „Das kann später noch Folgen haben."

„Och", meinte Scott wegwerfend. „Nur weil ich jedes Mal einen Schreikrampf bekomme, wenn ich Schienen sehe? Oder ans Töten denke, wenn mir ein Schaffner begegnet? Nur, weil ich manchmal nachts davon träume, die Bäume auf den Tunnelbergen abzupflücken, damit die Gämsen eine Chance haben, gesehen zu werden?"

Er schlug die Hände vors Gesicht und begann zu schluchzen.

Jasmin und ihre Mutter lachten.

„Schon gut", meinte Jasmins Mutter. „Dann hast du eben kein Trauma!"

Grinsend ließ Scott die Hände sinken.

„Kein Trauma?", fragte er ungläubig. „Könnt ihr euch vorstellen, wie sich ein Zehnjähriger fühlt, dessen übergewichtige vierzigjährige Mutter mit rotem Ledermini zum Elternsprechtag geht? Ich hab sehr wohl ein Trauma."

„Wenn du mal darüber reden willst, komm bitte nicht zu mir", meinte Jasmin und schaute dabei so verständnisvoll drein wie Lilli.

Die nächste halbe Stunde erzählte Jasmins Mutter davon, wie sie als Kind Weihnachten gefeiert hatte. Jasmin schlief fast ein. Sie kannte die Geschichten schon – allerdings von ihrer Oma. Und die konnte sehr viel witziger erzählen.

Scott schien allerdings äußerst fasziniert. Entweder war er ein verdammt guter Schauspieler, oder Geschichte war sein Spezialgebiet, und er wollte aus erster Hand vom Leben der Menschen vor dreißig Jahren erfahren. Eine andere Möglichkeit war, dass er sich nur bei Jasmin einschleimen wollte.

„Also, ich muss jetzt leider nach Hause zum Abendessen", seufzte Scott schließlich. „Mein Onkel kommt zu Besuch. Vielen Dank für den Tee!"

Sie standen auf, und Jasmins Mutter begleitete sie bis an die Tür.

„War nett, dich kennen zu lernen, Scott!", sagte sie herzlich. „Komm doch mal wieder vorbei. Wenn du willst, kannst du auch gern meine Tochter mitbringen."

Scott lachte. Jasmin gab ihrer Mutter einen Kuss auf die Wange.

„Also bis Samstag, Mutti", sagte sie leise und folgte Scott.

„War das wirklich die gleiche Frau wie auf dem Weihnachtsmarkt?", fragte Scott fassungslos, sobald sie aus dem Haus traten. „Die hätte ich ja nie wieder erkannt!"

Er kam richtig ins Schwärmen, was sie doch für eine tolle Mutter hätte und dass er jetzt wüsste, warum Jasmin so gut aussah ... blablabla. Genervt verdrehte Jasmin die Augen.

An der Haltestelle verstummte er plötzlich und schaute Jasmin ganz komisch an. „Das mit meinem Onkel und dem Abendessen war gelogen", gestand er zögernd. „Ich muss gar nicht nach Hause. Ich wollte nur mit dir allein sein."

„Wieso?"

Er kam einen Schritt näher auf sie zu und lächelte. Jasmin dachte, er wolle ihr etwas ins Ohr flüstern, und beugte sich zu ihm.

Eine Zehntelsekunde später lagen Scotts Arme um ihren Hals und seine Lippen auf der unteren Hälfte ihres Gesichtes, irgendwo in der Nähe ihrer Lippen. Bevor Jasmin noch richtig registriert hatte, was passiert war, hatte Scott sie auch schon wieder losgelassen und ihr den Rücken zugedreht. Mit großen Schritten verschwand er um die nächste Ecke.

Nachdenklich fuhr sich Jasmin über die Lippen. Zwei Dinge wusste sie jetzt: Dass Scott ganz gut küssen konnte. Und dass sie nicht im Mindesten in ihn verliebt war. Obwohl sie während des Kusses die Augen geschlossen hatte, hatte sie ein Gesicht vor sich gesehen. Aber nicht das von Scott.

21. Kapitel

Verdammter Mist!

Das Geld hätte Magdalene wirklich gut gebrauchen können. Sie hatte eben erfahren, dass sie am Nachmittag nicht babysitten sollte. Die kleine Adelheid war erkältet.

Kein Wunder!, dachte Magdalene. Mussten denn die Eltern das arme Baby ständig der Kälte aussetzen? Mit dem schrecklichen Vornamen hatten sie dem Kind doch schon mehr als genug angetan.

Jetzt würde die Kleine ihr erstes Weihnachtsfest mit einer Erkältung erleben, nur weil sie massenhaft frische Luft hatte schnappen müssen.

Weihnachten ...

Morgen war Heiligabend, und Magdalene hatte sich noch immer nicht so recht entschieden, ob sie im Park auf Maurice warten sollte oder nicht. Auf der einen Seite wollte sie unbedingt nach Paris. Auf der anderen Seite hatte sie Angst. Sie kannte niemanden dort. Was, wenn alles schief lief? Wenn ihre Aupairfamilie sie nicht ausstehen konnte und sie gar nicht für das komplette Jahr haben wollte? Sie musste natürlich abhauen, ohne dass Lilli und Felipe etwas merkten. Die wären sicher auch nicht begeistert, wenn sie

141

wüssten, dass einer ihrer Schützlinge das Land verlassen wollte.

Wenn sie sich entschloss, mit Maurice zu fahren, würde die WG morgen wie ausgestorben sein. Jasmin wollte mit Amigo zu ihrer Mutter, Laura zu ihren zukünftigen Eltern und Nicole nach Kanada.

Magdalene zog einen Handschuh aus, um die Wohnungstür aufsperren zu können. Im Flur hörte sie die Stimmen von Jasmin und Nicole. Amigo lag breit wie ein Bettvorleger im Flur. Sie zog die Schuhe aus, streichelte Amigo über den Kopf und ging zur Küchentür.

„Ich kann das einfach nicht glauben!", regte sich Jasmin gerade auf. „Du warst eine von den Ältesten im Heim. Und du bist doch nicht der Typ, der sich terrorisieren lässt."

Wovon redete Jasmin da?

„Ich hatte wirklich Probleme mit dieser Mädchengang", erwiderte Nicole.

„Aber die haben dich nicht verprügelt oder dir Haare ausgerissen oder dich aus dem Heim vertrieben, oder?", stellte Jasmin fest. „Du bist gegangen, weil du zu deinem Vater wolltest."

„Ja, das stimmt", seufzte Nicole. „Okay, ich geb's zu: Die Gang hab ich nur erfunden, damit ihr mich nicht gleich wieder rausschmeißt. Ich dachte, die Mitleidstour könnte nicht schaden."

„Blöde Kuh!", zischte Jasmin. „Diese Schwindelei hättest du dir echt sparen können."

„Ja, ich weiß. Tut mir Leid!"

Die beiden schwiegen. Magdalene hielt die Luft an. Dieses falsche Biest! Seit zwei Wochen hielt die WG Nicole jetzt schon versteckt. Und dabei hatte sie sie die ganze Zeit über angelogen.

Magdalene kochte vor Wut, als sie daran dachte, wie sie Nicole von ihrem Stiefbruder erzählt hatte. Da war Nicole richtig verständnisvoll gewesen. So eine gemeine Schauspielerin! Nie wieder würde Magdalene ihr irgendwas anvertrauen.

„Eigentlich hab ich nur wegen Magdalene gelogen", hörte sie Nicole sagen. „Die wollte doch nicht, dass ich hier bleibe. Konnte ich denn ahnen, dass sie früher von ihrem Bruder geschlagen worden ist? Dann hätte ich den Scheiß garantiert nicht erzählt, glaub mir!"

Leise schlich Magdalene zurück in den Flur und auf die Wohnungstür zu. Amigo folgte ihr.

Sie machte die Tür auf, und beide schlüpften nach draußen.

Beherzt ging Magdalene auf die Betreuerwohnung zu. Sie würde Lilli und Felipe einen kleinen Tipp geben, wo sie ein entlaufenes Heimmädel finden konnten.

Magdalene hob die Hand, um auf die Klingel zu drücken. Da fing Amigo plötzlich an zu winseln. Verwirrt blickte Magdalene nach unten. Mit großen braunen Augen sah der Kleine sie traurig an. Damit war eines klar: Einer von Amigos Vorfahren musste ein Dackel gewesen sein. Wie sonst hätte er diesen Blick zu Stande bringen können? Ob er irgendwie mit Felipe verwandt war? Der konnte auch so treuherzig aus der Wäsche gucken.

Noch einmal hob Magdalene die Hand, um zu klingeln. Wieder ließ Amigo dieses Stein erweichende Gewinsel hören. Magdalene ging neben ihm in die Knie und kraulte ihm das Kinn.

„Hast ja Recht, Dicker", sagte sie liebevoll. „Morgen ist Heiligabend. Da liefert man keinen ans Messer. Auch, wenn sie's verdient hätte."

143

Sie kehrte zurück in die Wohnung. Jasmin und Nicole standen im Flur und starrten sie mit großen Augen an.

„Oh Gott!", stöhne Jasmin. „Ich dachte schon, du wärst Lilli."

Sie knöpfte ihren Mantel zu und drängte sich an Magdalene vorbei. „Ich bin mal kurz weg. Zu Scott", fügte sie etwas leiser hinzu.

„Aha, du findest ihn also doch ganz nett", stellte Magdalene grinsend fest.

Jasmin schüttelte erst den Kopf, nickte aber gleich darauf. „Ja, er ist ganz nett", erklärte sie ernst. „Aber mehr nicht. Und genau das möchte ich ihm jetzt klarmachen. Ciao!"

Sie verschwand aus der Wohnung, in der es plötzlich ganz still wurde. Nicole stand da und starrte auf ihre Finger. Magdalene wollte etwas sagen, wusste aber nicht, was. Da ging sie einfach wortlos ins Wohnzimmer, schaltete den Fernseher ein und ließ sich aufs Sofa fallen.

Während sie einem glatzköpfigen Rapper dabei zuschaute, wie er durch die Stadt stolzierte und dabei affengleich die Arme schwenkte, dachte sie an Paris. So langsam sollte sie sich entscheiden, ob sie morgen früh mit Maurice im Auto sitzen wollte oder nicht.

„Kann ich kurz mit dir reden?", fragte Nicole, die so leise wie eine Katze hereingeschlichen war.

„Wenn es unbedingt sein muss", entgegnete Magdalene nicht sehr freundlich.

Nicole räusperte sich und hockte sich aufs Fensterbrett.

„Ich muss dir was sagen", fing sie an. „Über das Heim und die Mädchengang, von der ich dir erzählt habe."

„Du meinst, dass diese Gang nur erfunden war?", fragte Magdalene betont gelangweilt.

„Das ... das hast du durchschaut?" Nicole war total baff. „Und du hast mich trotzdem nicht verraten?"

Magdalene winkte großmütig ab. „Wozu? Ich wusste von Anfang an, dass du lügst. Für wie blöd hältst du mich eigentlich?"

Nicole breitete irgendwie entschuldigend die Arme aus. Dann murmelte sie: „Danke."

„Bitte", sagte Magdalene und dachte: Bedank dich lieber bei Amigo!

2. Kapitel

„Psssst! Aufwachen, Laura!"

Verschlafen drehte sich Laura auf die andere Seite. Es war mitten in der Nacht. Niemand, der bei klarem Verstand war, hätte da versucht, sie zu wecken.

„Laura!"

Eine Hand rüttelte hartnäckig an ihrer Schulter. Mürrisch rieb sich Laura die Augen, ehe sie sie aufmachte. Magdalene kniete neben ihrem Bett. Sie war angezogen und trug sogar eine Jacke. Draußen war es noch stockdunkel. Schlaftrunken erinnerte sich Laura, dass heute Heiligabend war.

„Ich wollte mich nur verabschieden", sagte Magdalene.

Mit einem Schlag war Laura hellwach. Natürlich wusste sie von Magdalenes Plänen. Von dem Aupairjob in Paris, von dem Typen, der sie mitnehmen wollte. Aber irgendwie hatte Laura nie ernsthaft damit gerechnet, dass Magdalene Ernst machte.

Und jetzt kniete sie neben ihrem Bett, um sich zu verabschieden. Für wie lange wohl?

Laura spürte ein leichtes Brennen in den Augen.

„Du – du fährst also wirklich?", fragte sie.

Magdalene nickte.

„Lilli hab ich erzählt, ich würde im trauten Schoß meiner Familie feiern. Und von Jasmin und Nicole hab ich mich schon verabschiedet", sagte sie. „Also: Mach's gut!"

„Nein, warte, geh nicht!", wollte Laura sagen. Was sollte sie denn ohne Magdalene machen? Mit wem sollte sie dann streiten – oder fernsehen? Was wollte Magdalene denn in Paris, ganz allein?

Endlose Fragen wirbelten ihr durch den Kopf. Stattdessen sagte sie nur: „Ich wünsch dir viel Glück, Magdalene."

Magdalene lächelte sie an. „Danke. Wünsch ich dir auch. Mit deinen neuen Eltern und so."

Verlegen schwiegen beide einen Augenblick. Dann stand Magdalene auf und wischte sich über die Augen.

Laura dachte daran, wie sie Magdalene zum ersten Mal begegnet war. Wie sie sich gegenseitig Lügen über ihr Leben erzählt hatten. Ihre Streitereien. Mist!

Magdalene ging zur Tür. „Ich rufe an, wenn ich in Paris bin!", versprach sie. „Au revoir!"

„Magdalene!", rief Laura ihr nach.

Sie drehte sich noch mal um.

Geh nicht, dachte Laura. Bleib bei uns. Bleib bei mir. Du wirst mir wahnsinnig fehlen! Du hast ja keinen Schimmer, wie gern ich dich hab. Wie denn auch? Bis jetzt war mir das ja selbst nicht richtig klar.

„Frohe Weihnachten!", sagte Laura leise.

„Wünsch ich dir auch. Ciao!"

Man sollte meinen, nach so einem Abschied könnten normale Menschen kein Auge mehr zutun. Aber Laura hatte ja nie behauptet, normal zu sein. Sie würde Magdalene ver-

missen. Aber das änderte nichts daran, dass es noch sehr
früh war und sie todmüde. Außerdem war es ja vielleicht
doch kein Abschied für länger.

Nur wenige Minuten später war sie wieder eingeschlafen.

„Laura!"

War Magdalene doch wieder zurückgekommen? Laura
machte sicherheitshalber ein Auge auf.

Was war denn hier los? Da kniete schon wieder eine neben ihrem Bett. Diesmal war es Jasmin. Die benahmen sich
ja alle, als wollten sie Abschied nehmen, weil Laura im
Sterben lag.

„Gehst du auch nach Paris?", fragte Laura verschlafen.

Jasmin kicherte.

„Nein, nur einkaufen", erklärte sie. „Ein Geschenk für
meine Mutter."

„Dann lass mich weiterschlafen", murmelte Laura und
wollte Jasmin den Rücken zudrehen.

Wieder rüttelte Jasmin an ihrer Schulter.

„Ich komme dann nicht mehr hierher, sondern gehe
gleich zu meiner Mutter", sagte sie.

„Du kommst morgen wieder?", erkundigte sich Laura.

„Ja."

„Ja, gut. Dann Frohe Weihnachten, und feiert schön",
brummte Laura. „Von jetzt an empfange ich nur noch Leute, die sich für mindestens ein Jahr verabschieden."

„Das ist dann wohl mein Stichwort", sagte Nicole, die in
der Tür stand. Jasmin ging nach draußen.

„Du fliegst jetzt nach Kanada?", fragte Laura.

„Nein." Nicole setzte sich auf Lauras Bett. „Meine Oma
hat meinem Vater Geld geschickt. Wir ziehen zusammen in
ein besseres Hotel und warten dort, bis wir einreisen dürfen."

„Einreisen?", wiederholte Laura verständnislos.

Nicole nickte grimmig. „Daran hatten wir anfangs nicht gedacht. Für Kanada braucht man ein Visum. Und das sollte möglichst erteilt werden, ohne dass mein Vater als Vorbestrafter und ich als Heimausreißerin enttarnt werden."

„Und wie soll das gehen?", wollte Laura wissen.

„Mein Vater kennt da ein paar Leute", sagte Nicole vage. „Es wird schon klappen. Und wenn nicht, dann – na ja –" Sie zuckte die Achseln.

„Sehen wir uns noch, bevor du fliegst?", erkundigte sich Laura. Sie wollte die Anzahl der Lebewohls für diesen Tag lieber gering halten.

„Wahrscheinlich nicht", zerstörte Nicole ihre Hoffnung. „Es ist ziemlich riskant für mich, noch mal herzukommen."

Ehe Laura sich wehren konnte, nahm Nicole sie kurz in den Arm und stand wieder auf.

„Danke für deine Hilfe", sagte sie. „Und Frohe Weihnachten."

Tja, da war es nur noch eine, dachte Laura traurig.

Jetzt konnte sie beim besten Willen nicht mehr einschlafen. Sie stand auf und ging müde durch die leere Wohnung. Jasmin hatte Amigo mitgenommen. Dabei hätte sich Laura heute wirklich über jede Gesellschaft gefreut.

Sie schaltete den Fernseher ein und warf sich aufs Sofa. Sie wollte lieber die Stimmen im Fernsehen hören als die, die sich in ihrem Kopf meldeten.

Du bist wieder übrig geblieben, sagten die Stimmen. Und: Jeder hat Zukunftspläne, nur du nicht!

„Hey!", rief Laura den Stimmen zu. „Ich habe Pläne! Ich gehe heute zu meinen künftigen Eltern. Ich feiere Weihnachten mit einer echten Familie!"

Irgendwie ließen sich die Stimmen nicht überzeugen.

Den restlichen Tag verbrachte Laura mit Tom Cruise, Eddy Murphy und einigen ihrer Kollegen. Gegen fünf war es draußen schon stockdunkel. Mühsam streckte sie sich, gähnte noch mal ausgiebig und beschloss, sich fertig zu machen.

Sie stand auf und ging in ihr Zimmer. Dort fischte sie unter dem Bett den Karton hervor. Jetzt war also der entscheidende Augenblick gekommen. Sie öffnete die Schachtel und nahm vorsichtig das Kleid heraus. Dann zog sie sich bis auf die Unterwäsche aus und stieg langsam hinein. Erst schlüpfte sie in den linken Ärmel, dann in den rechten. Danach hob sie das Oberteil auf die richtige Höhe und langte auf ihren Rücken.

„Oh bitte, bitte, bitte geh zu!"

Behutsam zog sie den Reißverschluss hoch, Zentimeter für Zentimeter – und plötzlich war das Kleid zu. Und – oh Wunder! – Laura bekam sogar noch ein bisschen Luft.

Auf Zehenspitzen – um nicht auf den Saum zu treten – lief sie ins Badezimmer und stellte sich mit geschlossenen Augen vor den Spiegel. Sie machte die Augen auf und sah – eine Prinzessin.

Laura wirkte mindestens fünf Jahre älter und richtig schlank. Der lange Rockteil schwang um ihre Knöchel, wenn sie sich drehte, und das Oberteil hob ihren Busen bis fast unters Kinn. Wow! Genauso hatte sie sich das vorgestellt.

Sie fand, das Kleid stand ihr viel besser als der blöden, dürren Schaufensterpuppe in der Boutique.

Ja, so konnte sie sich bei ihren zukünftigen Eltern sehen lassen.

Sie schmierte noch ein bisschen Gel in ihre Haare, benutzte Jasmins roten Lippenstift und konnte kaum den

Blick vom Spiegel abwenden. Sollte sie ihn nicht mitnehmen für unterwegs?

Auf Zehenspitzen kehrte Laura zurück in ihr Zimmer und zog dort Jasmins schwarze Stöckelschuhe an. Die waren zwar etwas klein, aber sie würde ja nicht weit laufen müssen. Dann schlüpfte sie in ihre Jacke und schaltete das Licht aus.

Auf dem Weg zum Bahnhof überlegte sie, ob es nicht besser wäre, die Streifs vorher noch mal anzurufen. Nur für den Fall, dass sie sie erst später erwarteten. Sie wollte auf keinen Fall einen schlechten Eindruck machen. Schließlich hing verdammt viel von diesem Abend ab.

Schnurstracks marschierte sie in die nächste Telefonzelle und wählte die Nummer, die sie von dem seltsamen Ehepaar bekommen hatte.

„Hier Streif. Frohe Weihnachten!", zwitscherte die Stimme von Frau Streif. Laura kapierte nicht, warum sie nicht erst mal abwartete, wer dran war. Vielleicht wollte sie demjenigen dann gar nicht mehr Frohe Weihnachten wünschen.

„Guten Abend, Frau Streif", sagte sie höflich. „Hier spricht Laura. Ich wollte mich nur erkundigen, ob es in Ordnung ist, wenn ich jetzt vorbeikomme."

„Nun", meinte Frau Streif. „Nach dem gregorianischen Kalender ist heute der vierundzwanzigste Dezember, also Heiligabend."

Was für'n Gregor?, fragte sich Laura verwirrt.

„Für diesen Tag haben wir dich eingeladen. Nach mitteleuropäischer Zeit ist es jetzt siebzehn Uhr fünfundvierzig."

Mitteleuropäische Zeit? So redeten nur Offiziere in saudämlichen Kriegsfilmen. Planten die eine militärische Operation oder ein Abendessen?

150

„Wir haben dich für den Abend eingeladen. Der beginnt nach allgemeiner Konvention um achtzehn Uhr. Du bist also in einer Viertelstunde herzlich willkommen im Hause der Streifs."

Konvention? Konnte die Frau denn kein Deutsch?

„Heißt das, ich kann jetzt kommen?", fragte Laura sicherheitshalber noch mal nach.

„Natürlich, mein Kind!", sagte Frau Streif so mitleidig, als hätte sie das eben schon dreißigmal wiederholt. „Aber ich hoffe, du erwartest heute Abend kein Geschenk von uns."

Wie bitte? Natürlich erwartete Laura ein Geschenk. Heute war schließlich Weihnachten. Wer Laura als *mein Kind* anredete, musste dafür Schmerzensgeld zahlen, mindestens in Höhe einer CD.

„Wir haben beschlossen, erst einmal die weitere Entwicklung unserer Beziehung abzuwarten, ohne dich mit teuren Geschenken zu unseren Gunsten einnehmen zu wollen."

War Miss Föhnwelle noch ganz dicht?

„Sehr vernünftig", sagte Laura höflich.

„Im Übrigen sollte ich dich vorwarnen. Um unser Mitleid mit den Armen der Welt zu bekunden, verzichten mein Mann und ich am Heiligen Abend auf ein opulentes Mahl. Wir empfinden dies als Affront gegen alle Hunger Leidenden."

Moment mal! Nix zu futtern an Heiligabend? Schöne Bescherung!

„Heißt das, es steht kein Essen auf dem Tisch?", kreischte Laura fast.

„So ist es", bestätigte Frau Streif. „Aber wir werden sicher trotzdem viel Spaß haben. Vor allem mit den Wissensspielen. Kennst du Trivial Pursuit?"

Oh Gott! Der größte Schwachsinn, der seit Erfindung der

Schule auf die Menschheit losgelassen worden war! Laura platzte der Kragen. Und fast auch das Kleid, so heftig rang sie vor lauter Zorn nach Atem.

„Vergessen Sie's!", brüllte sie in den Hörer. „Was ist das denn für eine Scheiße? Heiligabend nichts zu essen? Und keine Geschenke? Und dafür stundenlang Trivial Pursuit spielen?"

Frau Streif schwieg.

„Kein Wunder, dass das mit Ihren Adoptivkindern nie geklappt hat!", fuhr Laura fort. „Die hatten Angst zu verhungern. Ich geb Ihnen mal 'nen guten Rat: Wenn Sie unbedingt ein Kind haben wollen, dann tun Sie und Ihr Mann gefälligst was dafür! Zum Beispiel ab und zu mal beide auf der gleichen Seite des Bettes schlafen. Oder verzichten Sie darauf auch? Vielleicht aus Mitleid mit allen Singles dieser Welt?"

Stinksauer knallte Laura den Hörer auf die Gabel, eilte zum nächsten Kiosk und kaufte eine große Flasche Cola und jede Menge Süßigkeiten.

Wenn sie sich ranhielt, schaffte sie es vielleicht, dass ihr Kleid von selbst aufging – entlang den Nähten!

23. Kapitel

Hey, für Weihnachten hatten sich die Typen vom Fernsehen ja so richtig ins Zeug gelegt! Einige uralte Komödien, ein paar Action-Reißer mit Schwarzenegger und haufenweise schnarchige Familienfilme mit Weihnachten im Titel. Laura fühlte sich nicht besonders wohl. Die Wohnung wirkte riesig und leer. Und totenstill, als sie die

152

Kiste ausschaltete. Schluss! Laura hatte absolut keine Lust, ihren Heiligen Abend auf dem Sofa vor der Mattscheibe zu verbringen. Sie ging in Magdalenes Zimmer und schleppte die kleine Zimmerpalme ins Wohnzimmer. Dann riss sie eine Tüte Popcorn auf. In amerikanischen Filmen fädelten sie die Dinger auf und hängten die Ketten auf den Baum. Das dauerte Laura entschieden zu lange. Sie befestigte das Popcorn an einem Klebeband und warf es über die Zweige. Dann holte sie eine Rolle Klopapier und wickelte es um den Stamm der Palme. Sah doch schon ganz gut aus. Jetzt fehlte nur noch etwas Farbe. Das einzige Bunte, das Laura einfiel, waren Magdalenes Socken. Sie holte ein Paar rote, ein Paar blaue, ein Paar grüne und ein Paar violette aus ihrem Schrank und legte sie über die Blätter der Palme. Dann trat sie einen Schritt zurück und begutachtete ihr Werk. Sehr schön. Jetzt brauchte sie nur noch Weihnachtsmusik. Sie schaltete wieder den Fernseher ein. MTV. Doch dort liefen die gleichen Videos wie immer, also nichts Weihnachtliches. Schließlich fand Laura einen Knabenchor, der Weihnachtslieder plärrte. Sie holte eine Kerze aus der Küche, zündete sie an und stellte sie auf den Tisch. So, jetzt war alles perfekt. Der Film konnte beginnen: Heiligabend von und mit Laura Alleinzuhaus. In diesem Moment klingelte es an der Tür. Laura zuckte erschrocken zusammen und überlegte. Lilli feierte bei ihrer Schwester, und Felipe hatte Geld von seinen Eltern geschickt bekommen, damit er Weihnachten in Andalusien verbringen konnte. Wer sollte also um neun Uhr abends hier noch klingeln? Voller Neugier stand Laura auf und ging zur Tür. „Wer ist da?“, fragte sie in die Sprechanlage.

„Nicole.“

Verwundert drückte Laura auf den Summer und öffnete

die Wohnungstür. Nicole trippelte im Eiltempo die Stufen hinauf. Kaum war sie drin, schloss sie die Tür hinter sich.

„Keine Angst", versuchte Laura, sie zu beruhigen. „Lilli und Felipe sind nicht da."

„So eine Scheiße!", rief Nicole.

Jetzt verstand Laura überhaupt nichts mehr.

„Wolltest du etwa zu ihnen?", fragte sie verblüfft.

Nicole schüttelte den Kopf und ging ins Wohnzimmer. „Mein Vater!", schrie Nicole außer sich vor Wut. „Der Arsch hat mir einen Brief geschrieben. Er ist bei einem Freund in Berlin. Er muss angeblich über einiges nachdenken." Sie warf sich aufs Sofa. „Als ob er nicht im Gefängnis mehr als genug Zeit zum Nachdenken gehabt hätte!"

Laura setzte sich neben sie. „Und Kanada?", fragte sie.

Nicole schüttelte den Kopf. „Aufgeschoben, schreibt er. Toll! In zwei Jahren kann ich allein und legal hinfahren, dann brauch ich ihn auch nicht mehr."

Irgendwas an Nicoles Verhalten störte Laura.

„Und du bist jetzt traurig?", wollte sie von Nicole wissen.

„Na klar!", erklärte sie barsch. „Warum fragst du so blöd?"

„Ach, komm schon!", sagte Laura. „Du wolltest in ein Land, das du nicht kennst und dessen Sprache du nicht sprichst. Ohne Geld und zusammen mit einem Vater, den du in den letzten acht Jahren ein dutzend Mal gesehen hast. Bist du nicht ein bisschen erleichtert, dass die Sache gestorben ist?"

„Nein", sagte Nicole. „Und wenn, dann würde ich es nicht zugeben."

Plötzlich wurde die Wohnungstür zugeschlagen.

„Der Weihnachtsmann!", flüsterte Laura und sauste aus dem Wohnzimmer. „Fröhliche Weihnachten!", summte ihr

154

Magdalene entgegen und umarmte sie. Hinter ihr tauchte Jasmin auf, gefolgt von Amigo.

„Hallo!", rief Laura. „Ratet mal, wer da drin wartet!"

„Ein Berg mit Geschenken?", fragte Jasmin.

„Nein: Nicole!"

Die Mädchen gingen ins Wohnzimmer und fielen sich um den Hals. Amigo bellte so laut, dass man die zarten Knabenstimmchen aus dem Fernseher nicht mehr hören konnte. Nachdem sich alle einigermaßen beruhigt hatten, fragte Laura Jasmin: „Was ist passiert?"

„Es schneit und ist eiskalt draußen", erklärte die. „Also dachte ich, ich komme mal hier rauf und wärme mich ein bisschen auf."

„Heißt das, deine Mutter war –"

Jasmin nickte traurig.

„Besoffen!" Sie zog den Mantel aus und ließ sich neben der Heizung auf dem Teppich nieder.

„Scheiße!", murmelte Laura. Dann wandte sie sich Magdalene zu. „Und wieso bist du nicht nach Paris gefahren?"

„Bin ich ja", erwiderte Magdalene. „Aber ich bin nur bis Aachen gekommen. Da ist mir nämlich klar geworden, dass Lilli und Felipe vermutlich ihren Job verlieren, wenn ich einfach so verschwinde. Und dass ihr Trantüten ohne mich auch nicht richtig klarkommt. Also bin ich ausgestiegen, hab Maurice ein schönes Fest gewünscht und bin mit dem Zug zurückgefahren. Na? Bin ich nicht ein Goldstück?"

Die Antwort darauf musste verschoben werden. Denn in diesem Moment fuhren alle vier Mädchen gleichzeitig hoch. Ein Schlüssel drehte sich im Schloss. Dann hörten sie schwere Schritte im Flur.

„Was ist denn hier los?", fragte Felipe erstaunt. „Die heilige Familie? Ein bisschen einseitig mit vier Marias, oder?"

„Na, jetzt haben wir ja auch einen Ochsen", lachte Laura.
Nicole war zur Salzsäule erstarrt.

„Wolltest du nicht nach Andalusien?", fragte Magdalene.

„Wollte ich", antwortete Felipe grimmig. „Bis mich meine
Mutter am Telefon total fertig gemacht hat, weil ich noch
nicht verheiratet bin und keine Kinder habe. Das wollte ich
mir ersparen. Drüben, in unserer Wohnung, haben wir
schon die Heizung ausgeschaltet. Also dachte ich, ich warte
hier, bis es nebenan wieder warm wird."

Er ließ sich aufs Sofa fallen. „Übrigens: Hallo, Nicole. Wie
geht es denn so?", sagte er seelenruhig.

„Du bist nicht überrascht, sie zu sehen?", fragte Laura.

„Ach, Leute!" Felipe schüttelte den Kopf. „Ihr müsst Lilli
und mich wirklich für die allerletzten Vollidioten halten.
Als ob wir nicht die ganze Zeit gewusst hätten, wo Nicole
untergeschlüpft ist! Natürlich hat uns das Heim verstän-
digt, dass Nicole abgehauen ist. Wir haben denen erzählt,
wir hätten sie eingeladen. Und uns gebührend entschul-
digt, dass wir sie nicht vorher informiert haben."

Felipe wandte sich an Nicole. „Sie erwarten dich am zweiten Januar zurück. So, und jetzt darfst du danke sagen."

„Danke", hauchte eine völlig verblüffte Nicole.

„Was ist?", fragte Felipe in die Runde. „Können wir jetzt
Weihnachten feiern?"

„Moment!", rief Laura und lief in ihr Zimmer. Zwei Minuten später kam sie in ihrem schwarzen Kleid zurück. Nachdem ihr alle Anwesenden bestätigt hatten, dass sie darin
toll aussah, zog sich Laura wieder bequeme Klamotten an.

Auf dem Weg zurück ins Wohnzimmer dachte sie kurz an
die Streifs, die jetzt an einem leeren Esstisch saßen und sich
gegenseitig anödeten. Nein, Laura brauchte keine Familie –
sie hatte was Besseres.

Hinter *C. B. Lessmann* verbirgt sich ein kreatives Autorenteam, das beim Schreiben mindestens genauso viel Spaß hat wie die drei Mädchen in der WG.
Ein Mitglied des Teams ist seit Jahren als erfolgreicher Kinder- und Jugendbuchautor tätig. Wenn C. B. Lessmann nicht gerade zwischen Wien und Düsseldorf hin- und herpendeln, sammeln sie auf zahlreichen Lesungen jede Menge neue Ideen für ihre Bücher.

Wie alles angefangen hat: der erste Band!

Irgendwie fühlt sich Magdalene
wie ein Versuchskaninchen. Man nehme
eine Wohnung, stecke drei Teenager hinein
und harre der Ereignisse, die da kommen.
Und tatsächlich passiert mehr als genug ...